붉은 전쟁 1

붉은 전쟁 1

초판 1쇄 인쇄 2018년 8월 20일
초판 1쇄 발행 2018년 8월 25일

지은이 | 구양근
펴낸이 | 배진한
디자인 | 류요한
펴낸곳 | 도서출판 온북스

등록번호 | 제 312-2003-000042호
등록일 | 2003년 8월 14일
주소 | 경기도 하남시 위례중앙로 215
전화 | 02-2263-0360
팩스 | 02-2274-4602

ISBN 978-89-92364-97-3 04810
      978-89-92364-96-6 04810 (세트)

잘못 만들어진 책은 교환해 드립니다.
이 출판물은 저작권법에 의하여 보호받는 저작물이므로
무단 전재와 무단 복제를 할 수 없습니다.

구양근 장편소설

 | 펑더화이의 6·25

온북스
ONBOOKS

| 프롤로그 |

 한국전쟁(6·25)은 아직 끝나지 않았다. 지금 벌어지고 있는 북·미회담은 바로 전쟁 중에 열린 정치협상인 것이다.
 나는 오래전부터 한국전쟁을 펑더화이(彭德懷)의 관점에서 소설로 쓰고 싶었다.
 펑더화이! 그는 6·25 때 압록강을 건너온 중공군 총사령관의 이름이다. 나는 이 소설을 쓰는 몇 년 동안 줄곧 제목을 『펑더화이의 6·25』로 설정하고 쓰고 있었다. 한국인들의 시야를 완전히 다른 방향으로 돌려 서술함으로써 우리의 반면교사로 삼고자 함이었다. 6·25는 어차피 맥아더와 펑더화이의 한 판 승부였기 때문이다.
 이 지구상에서 최후까지 남아있는 분단국가 한국!
 원래 정전협정은 길어봤자 3개월 정도가 상한선이다. 정전협정서에도 "정전협정이 조인되고 효력을 발생한 후 3개월 내에 각기

대표를 파견하여 쌍방의 한 급 높은 정치회의를 소집하고 한국으로부터의 모든 외국군대의 철수 및 한국문제의 평화적 해결문제들을 협의할 것"으로 되어있다. 즉 군사협정인 정전협정에서 3개월 이내에 한 등급 높은 정치회의를 열어 외국군대를 철수시키고 평화협정으로 바꾸던지 통일을 하라는 얘기이다. 그러나 정전협정이 맺어진 지 3개월은 커녕 지금 70년이 되도록 평화협정도 통일도 되지 않고 있다. 그것은 전쟁 당사자인 미국이 반대하기 때문이다.

평화협정을 맺는다든지 통일이 되면 미군은 한반도에 머물러 있어야 할 아무런 이유가 없기 때문이다. 그래서 미국은 엉뚱하게 북한의 '비핵화'가 세상에서 가장 큰 문제인 양 부산을 떨고 있다. 물론 자기들이 먼저 살아야겠으니 그러겠지만, 비핵화는 미국에 좋은 것이지 우리에게 좋은 것이 아니다. 우리는 실은 핵보유국이 되는 것이 꿈에도 소원이었다. 그 길만이 독립국이 되는 길이었기 때문이다. 그래서 이남도 이북도 서둘러 핵개발을 시작했으나, 우리는 박 대통령이 살해당하고 이휘소 소장이 트럭에 치여 죽음으로 중단되었지만 이북은 기어코 핵을 완성하는데 성공한다. 물론 이번 북미회담은 이북이 핵개발을 완전 성공하고, 특히 미 전역을 타격할 수 있는 ICBM까지 성공했기 때문에 이루어진 성과이다.

그런데 그런 이북을, 얼마 전까지 미국이 불량국가로 단정하고 제재를 가하자 세계 각국이 옳다고 호응하였다. 이것은 또 어떻게 해석해야 할 문제인가? 아주 간단한 논리이다. 지구촌의 나라들은 누구나 부자나 강국을 가까이해야 얻어먹을 부스러기라도 생기지

가난하고 약한 나라를 가까이해서는 아무런 이익이 없다는 것을 잘 알고 있기 때문이다. 우리는 언필칭 의 불의(義不義)를 논하지만 실제 국제사회는 이 불리(利不利)만이 중요한 것이다.

그러나 이북은 우리가 호응해 주지 않음으로 이제 방법이 없어 비핵화를 하겠다고 선언하고 말았고, 미국은 마치 이북에 선심을 쓰고 있는 것처럼 세계의 이목을 끌고 있다. 평화 무드가 조성되는 것은 우선은 좋은 일이나 그것을 우리가 주도하는 것이 아니고 누가 누구에게 선심을 쓰고 있는 격이니 서글픈 일이 아닐 수 없다. 미국은 지금도 '한반도의 통일'에 대해서는 입도 뻥긋하지 않고 있다.

우리의 원래의 목표는 남북 7·4 공동성명서에서 천명하였듯이 "첫째, 통일은 외세에 의존하거나 외세의 간섭을 받음이 없이 자주적으로 해결하여야 한다."로 되어있다. 즉, 7·4 공동성명서 첫 조항에서부터 외세를 배제하자는 말을 두 번이나 겹쳐 말하면서 우리민족끼리 통일하자고 한 것이다. 우리가 외세를 배제하고 우리민족끼리 통일을 하면 어떻게 될까? 세계 10위권의 경제대국 남한과 세계적인 군사대국 북한이 합치면 아마 세계 5~6위권의 강력한 핵보유의 독립국이 탄생할 것이다. 그런 나라를 우리 주위의 어떤 나라도 찬성할 리가 없다. 다만 7·4 공동성명을 승인했던 박정희나 김일성 같은 통 큰 배포가 아니면 도저히 이룰 수 없는 일이다. 그러나 그렇게는 못 할망정 이제 문재인, 김정은처럼 북한의 비핵화를 선언하고 반대급부를 많이 받아내는 것도 차선책은 차

선책이다.

그런데 여기서 분명히 알아야 할 것이 하나 있다. 미국은 차라리 군사기지로서 한반도가 필요하지만 중국은 아예 영토적 야욕이 있는 나라이다. 그들은 우리의 고조선, 북부여, 고구려, 간도 땅을 다 차지하고 이제는 한강 이북까지 자기 국토로 편입(동북공정)시켜 놓고 있다. 미국보다 훨씬 더 경계해야 할 나라이다.

나는 사학도이다. 그래도 우리는 어느 땐가는 반드시 통일이 이루어질 것이다. 그때 우리는 영세중립국을 선포하고 다시는 강대국 사이에 끼어서 우롱당하는 나라가 되어서는 안 된다. 그리고 미국의 부속기구처럼 되어있는 유엔도 어떤 계기가 와서 아마 해체될 것이다. 그때는 지구상에서 가장 수난을 오래 당한 한반도의 DMZ 한복판에 유엔본부를 세우고 우리가 세계를 선도하는 나라가 되어야 할 것이다.

본 소설이 우리 민족의 나아가야 할 길을 밝히고, 우리 민족에게 앞을 내다볼 수 있는 안목을 갖게 해주며, 세계평화에 기여하기를 간절히 소망한다.

2018년 7월 어느 무덥던 날
구양근

| 목차 |

프롤로그　　　　　　　　　　　　　　4

1권

1　이년당 회의　　　　　　　　　10
2　절치부심　　　　　　　　　　56
3　조선의용군의 입북　　　　　　100
4　몸부림치는 백범　　　　　　　152
5　6·25 술래잡기　　　　　　　　224

2권

6 압록강을 건너는 펑더화이   6
7 먹구름 속 천둥소리   58
8 고래싸움은 계속되고   110
9 청천강전투, 장진호전투   150
10 미군을 37도선 밖으로 몰아라   210
11 반격, 재반격   260

3권

12 한반도를 찢어라   6
13 북·미의 기싸움   66
14 중공군의 땅굴만리와 파르티잔   110
15 아아, 상감령 전투   162
16 휴전 전야   202
17 전쟁과 평화   252

1
이년당 회의

1

 1950년 10월 4일, 중화인민공화국의 신정부가 수립(1949. 10. 1)된 지 1년이 지난 어느 날이다. 이제는 서북지방 경제개발의 책임을 맡고 있던 공산당 중앙위원회 서북국 서기 펑더화이(彭德懷)의 시안(西安) 사무실 앞에 지프차 두 대가 먼지를 일으키며 급정거하였다. 해가 중천에 떴는데도 날씨가 흐리고 황사가 뿌옇게 끼어 금방이라도 천둥번개가 칠 것처럼 찌뿌드드한 날씨였다. 거리를 걷는 사람들은 대개 누추한 인민복 차림이지만 표정만은 아주 밝다.
 정차한 지프차의 속력이 몰고 온 흙먼지가 앞으로 한바탕 몰려가고 앞차에서 한 명, 뒤차에서 두 명의 인민해방군이 내린다. 앞차에서 내린 상급자로 보이는 자를 중심으로 두 명이 몇 발짝 뒤에서 따르며 서북군정위원회 사무실이 있는 건물로 직행한다. 상급자로 보이는 자는 마오쩌둥(毛澤東)의 기요비서 예즈롱(葉子龍)이고 뒤따르는 두 명은 중앙 판공청(辦公聽) 경위처(警衛處)에서 파견한 인원이었다. 그들이 건물 앞에 이르자 보초가 굳은 자세로 거수경례를 붙인다. 예즈롱이 사무실로 들어서자 자리에 앉아있던 펑더화이는 급히 일어났고 서로가 거수경례를 교환한다.

"어서 오세요. 예 동지. 무슨 급한 일이라도 있소?"

"펑 총(彭總)! 오랜만입니다. 기밀을 요하는 일이어서 자세한 내용 설명은 할 수 없었습니다. 마오 주석의 전령입니다."

"네? 마오 주석께서."

예 동지로부터 전령을 받아 든 펑더화이는 갑자기 팽팽한 긴장감이 감돈다.

"무슨 일이기에 지금 당장 북경으로 오라는 것일까?"

"저도 잘 모릅니다. 저는 다만 전령을 전하는 것뿐입니다."

"뭐 짚이는 것이라도 없소?"

"없습니다."

"개인적인 의견이라도 좋으니 아는 대로 말해 주시오."

"꼭 제 개인적인 의견이라도 듣기를 원하신다면, 혹시 무슨 중대한 임무라도 맡기실지 모르겠습니다. 그러나 이것은 순전히 제 개인적인 견해일 따름입니다."

"알겠소. 고맙소."

시안에 보내온 은회색 리(里)-2형 전용기 편으로 펑더화이가 북경 서교공항(西郊機場)에 도착한 것은 당일 오후 4시가 가까이 될 즈음이었다. 펑더화이는 서북지구 경제발전계획 보고를 하라고 할지 몰라서, 서북지구 단위경제회복 발전 3개년 계획안과 조사 보고서, 통계 도표 뭉치를 몽땅 챙겨서 가지고 나왔다. 펑더화이가 대동한 인원은 비서 장양우(張養吾)와 경호원 구오훙량(郭洪亮) 두 사람뿐이었다.

펑더화이가 급히 트랩을 내려오자 벌써부터 기다리고 있던 중앙 판공청 경위처장 리수화이(李樹槐)가 손수 펑더화이의 가방을 받아들고 뒤따랐다.

펑더화이는 북경공항에 대기하고 있는 지프차에 몸을 싣고 급히 북경 시내로 들어섰다. 북경은 시안의 날씨와는 달랐다. 희미한 가랑비가 흩뿌리다가 그치자 훈훈한 가을바람이 불어왔다. 중화인민공화국 탄신 1주년이 사흘 지난 북경 거리는 곳곳에 아직 거대한 표어나 채색된 패루(牌樓)가 남아 있어 번화했던 전일의 광경을 떠올리게 했다. 국경일의 불꽃놀이 폭죽이 아직도 가끔 들리고 있었고 폭죽 냄새도 코를 자극하고 있었고 환희의 인파 역시 천안문 광장에서 완전히 떠나지 않고 있었다. 천안문 성루 앞의 5성 홍기는 바람에 나부끼고 금수교(金水橋) 호반의 가을꽃이 햇빛에 반사되어 진한 색깔을 띠고 있다. 북경은 가랑비가 몇 차례 내린 뒤여서 길 가 버드나무 가지의 잎은 아직 무성하면서도 누릇누릇 낙엽이 지기 시작하고 있었다. 낙엽에 달려있는 물방울이 햇빛을 받아 영롱하게 은구슬 강한 빛을 발하고 있었다. 구식 궤도열차도 경적을 울리면서 달리는 것이 사뭇 평화스러워, 이 나라가 언제 그처럼 피비린내 나는 전쟁을 치렀는지 가늠이 안 갈 정도였다. 시 중심을 관통하는 장안대가(長安大街)에는 오가는 많은 사람과 깃발이 한데 어우러져 새로운 중국을 상징하는 생기발랄한 모습을 엿볼 수 있다.

펑더화이가 북경에 오기 직전, 시안에서도 20만 명의 군중이 신청(新城) 광장에서 북, 꽹과리를 치고 피리를 불며 신중국의 1주년을 경축하느라 여념이 없었다. 펑더화이도 서북국과 서북군구의 시중쉰(習仲勛), 양더즈(楊得志), 리즈민(李志民), 마밍팡(馬明方), 마원루이(馬文瑞) 등 지도자급 인사들과 함께 경축대회에 참석하고 경축시위 대열을 사열하였다.

북경 왕부정(王府井) 거리의 남쪽 입구 쪽 북경반점(北京

飯店) 호텔에 갑자기 군의 호위를 받은 손님이 나타나자 그것을 발견한 사람은 심상찮은 표정으로 바라본다. 펑더화이는 아랑곳하지 않고 3층 309호실로 들어가서 가방만 탁자 위에 올려놓고 조금도 지체하지 않고 다시 나와 지프차를 타고 급히 중난하이(中南海)의 이년당(頤年堂) 중앙정치국 긴급회의실로 달려갔다. 오늘 회의가 있는 것도 공항에 도착해서야 알았지만, 오늘 회의가 어떤 회의인지는 아직 모르고 있었다. 다만 중난하이의 이년당 회의라면 가장 중요한 국사를 논의하는 자리인 것만은 틀림없었다.

저우언라이(周恩來) 총리가 미리 기별을 받고 회의 도중에 잠깐 나와서 펑더화이를 맞이한다.

"펑 총(彭總)! 어서 와요. 기다리다가 먼저 회의를 시작했어요."

"미안합니다. 어서 들어가십시다."

중난하이의 면적은 자금성보다도 넓다. 중해와 남해라는 두 개의 인공호수를 가지고 있어서 보통 중남해라고 했다. 중국공산당의 모든 주요 기관이 이 안에 포진하고 있다. 자금성의 정문인 천안문에서 서쪽으로 나 있는 서장안가(西長安街)의 붉은 담장을 따라 걸어가면 신화문(新華門)이 나온다. 이 신화문이 바로 중난하이의 정문이다. 중해와 남해 사이의 가장 중심건물인 근정전(우리 경복궁의 근정전과 이름이 같음)이 있고 그 곁에 풍택원(豊澤園)이 있고, 풍택원 내에 이년당이 있다. 과거 황제가 풍년을 기원하며 파종을 했다는 풍택원 내에는 황제의 서재였던 국향서옥(菊香書屋)이 있는데 마오쩌둥이 관저로 사용하고 있었다.

회의는 오후 3시부터 시작되었으나 펑더화이가 이년당에 도착한 것은 오후 4시가 넘어서였다. 중국공산당 중앙위원회 주석 마오쩌둥이 직접 주재하는 회의였다. 중국공산당이 채택한 허심탄회한 난상토론식의 회의장이다. 위치 배정도 약간 오므라진 ㄷ자 형의 자유스러운 형태인데 마오쩌둥은 ㄷ자의 한 각진 곳에 다른 사람과 같은 인민복 차림으로 의자에 앉아 있었다. 가운데 대형 탁자도 없고 다만 서너 개 찻잔을 놓을 수 있는 소형 원탁들이 놓여 있을 뿐이었다.

회의 제목은 조선 전쟁에 중국이 참전할 것인지의 여부를 결정하는 대토론회였다. 이날 중앙정치국 확대회의에 참석한 공산당 고위층은 마오쩌둥, 저우언라이, 주더(朱德), 류사오치(劉少奇), 런비스(任弼時)의 중화인민공화국 수립 당시 5대 서기가 모두 참석하였고, 덩샤오핑(鄧小平), 린뱌오(林彪), 가오강(高崗), 천윈(陳雲), 동비우(董必武), 린보취(林伯渠), 장원톈(張聞天), 랴오수스(饒漱石), 녜룽전(聶榮臻), 양상쿤(楊尙昆), 후차오무(胡喬木), 리푸춘(李富春), 뤄룽환(羅榮桓), 펑전(彭眞), 보이보(薄一波), 덩즈후이(鄧子恢) 등이 자리를 차지하고 있었다. 참석자의 면면으로 보아 중국 최고 위층 회의로서 그 중량을 파악할 수 있었다. 하도 중요한 사안인지라 병환으로 죽음을 앞두고 있는 런비스까지 참석하고 있었다. 런비스는 이 회의가 끝나고 2주일 후에 사망한다.

회의는 오전부터 속개되는 회의였다. 펑더화이가 들어서자 회의장은 일순 긴장감이 더해진다. 마오쩌둥이 맨 먼저 일어나서 악수를 청하며 맞이한다.

"펑 노총(彭老總. 펑더화이의 애칭)! 오시느라 수고 많이 하였소."

"주석! 기후 관계로 연착을 해서 죄송합니다."

"괜찮소. 갑자기 오시느라 수고하셨소. 자 앉으세요. 오늘 회의는 조선의 전쟁에 우리가 참전할 것인가 말 것인가 하는 문제요. 미 제국주의자들은 조선의 휴전협정 선인 38선을 넘어 중국 국경선을 향해 북진 중에 있소. 지금 정치국은 우리의 출병 원조(出兵援朝. 출병하여 조선을 도움) 문제를 논의하고 있어요. 출병을 하면 어떤 점이 유리하고 어떤 점이 불리한지 모두 솔직한 의견을 제시하고 있으니 펑 노총도 의견이 있으면 말해주시오."

펑더화이가 자리에 앉자 마오쩌둥은 기록을 하는 저우언라이와 녜룽전에게 손가락질을 하면서 무게 있게 말한다.

"기록을 중지하세요. 기록도 중요하지만 그대들의 의견도 대단히 중요합니다. 기록을 하고 있으면 하고 싶은 말을 못 할 수 있지 않소?"

회의장은 차가운 기운이 감돈다. 무슨 일이나 기록하기를 좋아하던 저우언라이와 녜룽전은 펜을 놓고 가슴을 펴고 마오쩌둥과 펑더화이를 번갈아 본다. 정치국 위원이며 중남군구 서기인 린뱌오가 강력한 어조로 참전 반대의사를 밝힌다.

"우리는 지금까지 일본 제국주의와 국민당 군을 상대로 20년 동안이나 전쟁을 해왔습니다. 이제 갓 전쟁을 끝내고 신정부가 성립된 지 1년밖에 안 되는데 다시 전쟁의 소용돌이에 말려든다는 것은 이치에 맞지 않습니다. 우리의 상처는 아직 아물지 않았고 해방전쟁도 아직 완수하였다고 볼 수 없습니다. 해방구의 토지개혁이며 경제개발은 이제 시작하려는 참입니다. 그리고 우리는 미국과 싸워본 경험이 없습니다. 비록 국민당 군이 미국의 원조를 받고 미제 무기로 무장된 군대였으나 그들 자체가 미군은 아니지 않습니까? 한 번 전쟁에 말리면 언제 끝날지 모릅니다. 끝이 보이지 않는 전쟁에 참여하는 것보다는 동북(만주) 지방의 군사력을 강화하여 철통같이 방위하는 것이 차라리 실리가 있는 방책이라고 생각합니다."

마오쩌둥은 겉으로는 침착하게 듣는 척했지만 안에 무엇인가를 숨기고 있는 표정이었다. 모두 입을 열지 않자 린뱌오는 하던 말을 계속한다.

"미국은 방대한 육해공군을 보유하고 있습니다. 특히 공군의 위력은 대단합니다. 원자탄도 가지고 있습니다. 조선은 수천 년 동안 우리의 속령으로서 인구는 몇 백만 명밖에 안 되는 소국입니다. 불과 몇 백만 명을 구하기 위하여 5억 인구가 동원된다는 것도 실리에 잘 맞지 않습니다. 만부득이한 상황이 아니라면 전쟁에 참여하지 않는 편이 좋겠습니다."

린뱌오의 말 중에 한국인의 인구수며 중국의 인구수까지도 맞지 않았지만 그런 지엽적인 것을 따질 처지가 아니었고 오직 중심 줄거리가 맞느냐 안 맞느냐만 중요했다.

녜룽전도 린뱌오의 의견에 찬동하는 발언을 한다.

"미국은 세계 제1, 2차 대전을 모두 승리로 이끌었던 나라입니다. 그렇다고 두렵다는 건 아닙니다만, 구태여 지금 우리가 그들을 상대할 필요가 있는가 하는 문제입니다. 조선은 우리의 번속이었지만 청일전쟁 때 일본에게 떼어줌으로 일단 포기한 곳입니다. 지금 국운을 걸고 그들을 지킬 필요가 있을까요? 지금 우리는 냉철해야 합니다. 잘못하다가는 이제껏 쌓아온 모든 것을 잃을 수도 있습니다. 또 미국은 항상 교활하게 이익의 분배를 원하는 자기 졸개 나라들을 데리고 같이 참전을 합니다. 마치 많은 나라들이 동조하여 연합한 것 같은 인상을 주고 있어요. 이번에도 명목상으로는 유엔이라는 이름으로 16개국이 참전한 거로 되어 있습니다. 세계대전 이후 미국은 세계 경제의 절반을 점유한 초대국이 되었습니다. 그들은 18척의 항공모함을 보유하고 있으나 우리에게는 그런 항공모함이 한 척도 없습니다. 지금 아시아에는 일본, 필리핀, 괌, 오스트레일리아 등지에 미국 군사력의 3분의 1에 해당하는 육군이 배치되어 있으며, 100여 척의 전함과 1,100여 대의 전투기를 배치하고 있다는 정보입니다. 반면 우리 군대는 70㎜ 이상 화포가 190문에 불과합니다."

보이보도 발언을 하였다.

"새로 인민공화국이 성립된 현시점에서는 아무래도 전쟁 참여는 불리합니다. 단 소련 홍군이 참전한다거나 공동으로 출병한다거나, 이것도 저것도 아니면 적극 지원이라도 해준다면 문제는 다릅니다."

저우언라이가 듣고 있다가 입을 열지 않으면 안 되는 상황이라고 판단하였는지 침착하게 그러면서도 힘주어 입을 연다.

"우리는 지금 역사 운운할 여지가 없습니다. 또한 전쟁이란 장비로 하는 것이 아니고 사람이 하는 것입니다. 우리는 그들이 말하는 소위 농민군의 수준으로 800만 군의 현대장비를 갖춘 국민당 군을 무찌르고 조국 통일을 달성하였습니다. 잠시의 안일을 꾀하다가 대국을 망칠 가능성이 있다면 신중히 고려해보아야 합니다. 지금 남쪽으로는 미국의 지원을 받은 대만의 국민당 군이 아직 소멸하지 않고 있어 불안한데, 다시 압록강 국경에 미제의 괴뢰도당과 국경을 접하게 된다면 우리는 불안한 위치가 될 수밖에 없습니다. 일시적인 안일보다는 장래를 생각해야 할 때입니다. 조선을 잃게 되면 순망치한(脣亡齒寒. 입술이 없으면 이가 시리다)이 될 수 있습니다. 이것은 조선만을 위한 일이 아니고 무엇보다도 우리 자신을 위한 일입니다. 단 방금 녜룽전 동지가 말한 것처럼 장비 면에서는 우리가 훨씬 떨어집니다. 그러기 때문에 우리가 참전한다면 소련과의 연합은 있어야 할 것입니다."

이제 마오쩌둥도 사방을 훑어보더니 무엇인가 입을 열지 않으면 안 되는 상황으로 판단한 듯하였다.

"당신들의 발언은 모두가 일리가 있는 말이오. 조국을 위해서 어떤 것이 더 좋겠다는 의견은 얼마든지 제시하여도 좋소. 이 자리에는 조국의 불이익이 오기를 바라는 사람은 없기 때문이오. 단 다른 나라가 국가적으로 위급한 시각에 처해 있는데 우리가 옆에서 보고만 있는 것은 마음이 편치 않소. 더구나 우리와 국경을 접하고 있는 형제지국 조선의 문제는 더욱 그렇소."

펑더화이는 금방 회의에 참석하였지만, 참전을 하여야 하지 않나 생각은 하고 있었으나, 많은 사람이 참전을 반대하고 있는 것 같아 함부로 입을 열 수가 없었다. 그런데 마오쩌둥이 발언을 하자 무척 마음이 놓였다. 마오 주석이 참전을 하여야 한다는 쪽으로 기울고 있구나 하는 느낌을 받았기 때문이다. 그러나 오늘은 자기로서는 첫날이고 늦게 회의에 참석하여서 함부로 발언하는 것은 경솔한 일이라 생각되어 아무런 발언도 하지 않았다.

회의가 끝나자 펑더화이는 중앙판공청 주임을 맡고 있는 양상쿤을 찾아갔다. 양상쿤과는 옌안(延安)에서 군단장, 정치위원 생활을 하면서부터 개인적인 친분이 있기 때문에 일단 오전 회의의 내용과 전체 상황 파악을 하고 싶었던 것이다.

"형식적으로 오전 회의는 조선 전쟁의 개입에 찬성하는 의견을 말하고 오후에는 조선 전쟁의 개입이 불가함을 말하자고 했으나 실제로는 자유스러운 토론이 되고 말았소. 주석의 소신을 아직 확실히 밝히지는 않았지만 의리적으로나 중국의 장래를 위하여서나 참여하여야 하겠다는 복안인 듯하나 미국과의 일전을 함부로 결정할 수는 없는 문제 아니겠소."

"린뱌오의 태도는 어떻습니까? 이건 가정입니다만 만약 조선 전쟁에 참여한다면 린뱌오가 맡아야 하지 않겠습니까?"

"물론이지요. 그런데 린뱌오의 의견은 방금 들었던 것이 진심인 것 같소. 그는 애국정신은 투철하나 국가적으로 전쟁 개입에 반대하는 입장이고 개인적으로도 칭병하고 참여하고 싶지 않은 입장이오."

린뱌오는 원래 국민당 군으로 황포군관학교를 4기로 졸업하고 군벌을 타도하는 북벌군의 중대장으로 승승장구하였으나 장제스(蔣介石)가 공산당 동료들을 무자비하게 숙청하는 것을 보고 국민당에서 탈주하여 동남부 지역의 징강산(井崗山)으로 들어가 마오쩌둥, 주더(朱德)가 이끄는 장시(江西) 소비에트 홍군에 합류한다. 제4야전군 사령원이었던 린뱌오는 제1야전군 사령원인 펑더화이와 함께 홍군의 가장 유능한 야전사령관이었다. 그가 최고의 실력을 발휘한 것은 만주에 주둔하고 있을 때이다. 그의 전법은 농촌을 먼저 점령하여 인심을 사고, 도시는 국민당 군에게 내어주는 것이었다. 뒤에 사면 포위를 당한 도시를 하나씩 점령하여 동북을 완전히 장악하는 데 성공한다. 10만이던 린뱌오의 군대는 80만으로 증가하였으며 49년 1월에는 베이징(北京)을 점령하고, 5월에는 무한(武漢)을 점령하고, 10월에는 100만 대군으로 광둥(廣東)을 해방시킨다.

린뱌오가 걸핏하면 칭병하는 것은 실제 이유가 있다. 37년 국공합작이 성립되어 린뱌오가 115사단 병력을 이끌고 산시성(山西省) 핑싱관(平型關)에서 일본군 5사단을 매복 공격하여 격멸시킨다. 일본군 상대의 전투에서 승리다운 승리는 이것이 처음이었다. 린뱌오는 전리품으로 얻은 일본군 망토를 입고 기념 승마를 하던 중 아군으로부터 오인사격을 받아 머리에 상처를 입게 되었다. 그는 옌안(延安)으로 후송되었다가 모스크바에 가서 42년까지 요양을 하였다. 이 부상으로 린뱌오는 신경에 손상을 입었으며 물과 바람을 무서워하였다. 심지어는 산수화를 보는 것조차 두려워하였다. 공산 정권 수립 초기까지 지병을 핑계로 공식 석상에도 잘 참석하지 않았다.

펑더화이는 이날 양상쿤으로부터 자세한 이야기를 듣고 일단 북경반점으로 돌아왔다. 호텔에 도착한 펑더화이는 한숨도 잘 수 없었다. 내일 속개되는 회의에서는 확실히 자기의 의견을 밝혀야 할 입장이기 때문이다. 먼저 자기 개인의 생각을 정리해볼 필요가 있었다. 조선의 전쟁에 뛰어들 것인가 말 것인가.

한국전쟁이 발발하자 미국은 즉시 대만해협을 봉쇄하였다. 미 제7함대가 대만해협에 파견되자 중국의 대만 공격은 일단 멈추어 설 수밖에 없었다. 원래 6·25 발발 1개월 전, 50년 5월에 중국공산당 중앙군사위원회는 대만 상륙작전 준비에 착수했다. 대만상륙작전은 인민해방군 제3야전군이 맡기로 했다. 제3야전군은 상하이를 중심으로 하는 화동지방을 맡고 있는 부대이며 사령원은 천이(陳毅)였다. 6월 상순에 열린 중국공산당 제7기 중앙위원회 제3차 전체회의(7기 3중전회)에서 마오쩌둥은 지금 가장 시급한 문제는 대만해방이라고 선언했고, 제3야전군 부사령원 수위(粟裕)가 구체적인 작전 방안을 보고하였다. 즉 며칠만 먼저 공격을 개시하였어도 대만해방은 끝났을 터인데 한국전쟁이 벌어지고 대만해협이 봉쇄되자 상황이 급변한 것이었다.

50년 1월 5일만 해도 트루먼 대통령은 대만의 중국 귀속을 확인하며 대만에 대한 야심이 없음을 분명히 했다. 트루먼은 미국이 대만에 대한 모든 군사적 지원을 끊는다고 발표하여, 사실상 대만을 포기한 것이다. 그 때문에 중국의 대만 점령은 시간문제로 보였다. 이 발표가 있던 1월 5일 마오쩌둥은 모스크바에서 스탈린과 중·소 동맹 협상을 진행 중이었다. 미국이 이때를 잡아 대만 포기를 선언한 것은 중·소 동맹을 맺지 않으면 미국이 문호를 열어놓고 기다리고 있겠다는 마오쩌둥에게 보낸 암시였다.

그로부터 1주일 후(1. 12)에 미국의 국무장관이었던 딘 애치슨에 의해 소위 애치슨라인이 선언된다. 태평양에서 미국의 지역 방위선을 알류샨 열도-일본-오키나와-필리핀을 연결하는 선으로 한다는 것이고, 이것을 '애치슨라인'으로 명명한다는 것이었다. 어떻든 대만, 한국, 인도차이나반도가 미국의 방위선에서 사실상 제외되었던 것이다.

그러면 트루먼과 애치슨 사이에 어떤 일이 있었기에 단시일 내에 이런 정책변화가 있게 되었는가.

2

 그날 햇볕이 따스한 백악관의 오후는 한가했다. 애치슨은 백악관 경호원의 경례도 받는 둥 마는 둥 하고 곧바로 대통령 집무실로 직행하였다. 복도에서 친하게 지나던 브라이언 정책보좌관을 만났는데도 건성으로 인사하고 집무실 문을 열고 들어섰다.

 "각하! 지금 마오쩌둥과 스탈린이 만나고 있습니다. 그 둘이 힘을 합하면 우리와 영국이 힘을 합한 것보다 더 커질 것입니다. 이를 어떻게 했으면 좋겠습니까?"

 "뭐라고요? 그 둘은 좀처럼 합쳐지기 어려울 것이라 하지 않았소? 그 둘이 합칠 수 없게 해야 해요."

"우리가 대만을 포기한다고 하면 마오쩌둥은 우리의 양보를 알고, 우리의 소련 고립정책에 동조하지 않을까요?"

"그것 괜찮소. 그러면 지금 당장 우리가 대만을 포기한다고 발표를 하세요. 그들이 손을 잡으면 절대 안 돼요."

"그렇게 하겠습니다."

"그런데 말입니다. 마오쩌둥이 대만도 점령하고 소련과도 손을 잡는다면 최악의 사태가 아닙니까?"

"그렇군요. 더 최악의 경우는 마오쩌둥이 대만을 점령하고 소련이 중국의 협력하에 대만을 이용할 수 있다면 더 위험한 상태가 됩니다. 소련이 원자폭탄을 보유한 지도 벌써 1년 가까이 되고 있지 않습니까."

"어느 경우도 우리한테 이익은 없습니다. 우리는 서둘러 수소폭탄을 만들어서 소련의 우위에 서야 합니다."

"그런데 말입니다. 실은 미국의 현재 가장 큰 문제는 2차 대전 이후의 해이한 국방태세예요."

"그렇습니다. 저도 이 문제를 가장 심각하게 생각하고 있습니다. 2차 대전의 승리감에 도취하여 지금 군기는 해이할 데로 해이해져 있으니까요. 그 문제로 저도 각하께 말씀드리려던 참이었습니다."

이때 부자가 울리고 비서실에서 "각하? 지금 농무부 장관이 급히 결재받을 일이 있다고 합니다." 하자 트루먼은 한가한 말 하고 있다는 식으로 신경질 섞인 말투를 내뱉는다. "기다리라고 해. 어떤 결재도 잠시 중지해요."

트루먼은 애치슨에게 말을 잇는다.

"그래, 해이한 미군의 군기를 잡고 해이한 미국 국민의 나사를 조이는 방법은 없겠소?"

"우리를 유리하게 만든 것은, 지구의 어느 한구석에서 전쟁이 일어나야 하고 미국이 이와 관련되어 있어야 합니다. 그래야 우리의 힘도 과시하고 군수물자도 팔고 세계의 경찰국가로 군림할 수 있습니다."

"그렇소. 그런데 지금은 어디서도 전쟁이 일어나고 있지 않지 않소?"

"한국의 무초 대사의 말에 의하면 이승만은 북진통일을 노래 부르고 있다고 합니다. 정말 밀고 올라갈 사람이기 때문에 미군에서 휘발유를 사흘분 이상 주지 않는다고 합니다. 지금은 그날 분을 그날 주는 상황이랍니다. 휘발유 한 방울 나지 않고 펜촉 하나도 못 만드는 나라가 미국만 믿고 저리 날뛰고 있으니 안타깝기 그지없습니다. 군대도 모두 9만여 명 밖에 안 되는데 그중 4만 명이 후방에 있습니다. 전쟁을 노래 부르기는 이북의 김일성도 마찬가지입니다만, 그 대신

이북은 이남의 배나 되는 군대를 보유하고 있고 주력부대는 중국 혁명에서 갈고닦은 역전의 용사들입니다. 경제적으로도 이남보다 훨씬 우위입니다."

"그 상황을 이용할 수 있는 방법이 없겠소?"

"있습니다. 우리가 허점을 보이면 이북은 당장 쳐들어갈 것입니다. 우리의 동양 방위선을 한국은 제외한다고 발표하면 어떨까요?"

"아주 좋습니다. 그렇게 합시다."

트루먼은 루즈벨트 대통령이 갑자기 서거하자 부통령이 된 지 불과 82일 만에 대통령을 승계한 사람이다. 그동안 루즈벨트 대통령을 단 2차례 만났을 뿐이었다. 그렇기 때문에 1945년 4월 12일 루즈벨트 대통령이 사망할 당시 트루먼은 정부의 정책이나 계획에 대하여 거의 파악하지 못하고 있었으며 원자폭탄의 개발이나 악화일로로 치닫던 소련과의 관계도 보고받은 바가 없었다. 그런데도 그의 업적은 대단히 많다. 제2차 세계대전에서 나치 독일의 항복을 받았고 태평양전쟁에서 원자폭탄을 투하하여 히로히토 일본 왕의 항복을 받아냈다. 냉전시대에는 1947년에 그리스와 터키 정부에 군사적, 경제적 원조를 실시하여 공산주의자의 압력을 약화시켰고, 48년에는 마셜(George C. Marshall) 플랜으로 서유럽의 경제를 복구하기 위하여 170억 불의 원조를 4년 동안 제공하였다. 같은 해, 트루먼 독트린을 발표하여 유럽의 비공산주의 국가를 주축으로 북대서양조약기구(NATO)라는 집단안보기구를 창설하였다. 1949년 중국공산당 혁명이 성공하자 트루먼의 봉쇄정책은 중국으로 확대되었다.

  6·25 전쟁이 일어나던 날이 미국으로는 하루 전인 24일이다. 트루먼은 주말을 자기의 고향 미주리 주 인디펜던스에서 보내고 있었다. 일찍 잠자리에 들려는 밤 9시쯤에 전화벨 소리가 요란하게 울렸다. 애치슨이 메릴랜드의 자기 집에서 건 전화였다.

  "각하! 급한 일입니다. 북한군이 남한을 전면 공격했답니다. 무초 대사의 말에 의하면 전에 있었던 소규모 전투와는 완전히 성질이 다른 본격적인 침공이랍니다."

  "잘 됐습니다. 당장 개입하도록 합시다. 먼저 유엔 사무총장에게 연락하여 안보리 소집을 준비하라고 해요. 나는 도쿄의 맥아더 장군과 통화하고 즉시 워싱턴으로 돌아가겠어요."

  "각하! 유엔 사무총장에게는 제가 즉시 연락하겠습니다. 맥아더 장군과 이야기나 좀 나누시다가 푹 주무시고 내일 워싱턴으로 오십시오. 야간비행이 위험합니다. 기타 조치는 제가 다 취하겠습니다."

실로 트루먼의 한국전 개입은 애치슨으로부터 소식을 듣자마자 10초 안에 결정한 것이었다.

한 나라가 전쟁을 한다는 것 이상 큰 문제가 없는 것인데 10초 안에 참전을 결정했다는 것은 그 안에 모든 것이 결정 나 있었다는 것을 의미한다.

트루먼으로부터 전화를 받은 맥아더는 가장 먼저 떠오른 것이 대만이었다. 대만이 만약 공산당의 수중에 들어가면 미국의 맞수인 소련이 이를 이용할 가능성이 많다. 그렇게 되면 소련에게 항공모함 수십 척으로 조직된 함대를 내어주는 셈이며 오키나와와 필리핀의 미국 기지를 궁지에 몰아넣게 될 수도 있다고 생각했다. 그래서 대만을 모택동이 차지하지 못하게 하는 것이 급선무였다. 트루먼도 결국에는 맥아더의 계획대로 대만을 봉쇄하면 한국 문제를 국부적으로 국한시키고 미국의 제2차 세계대전 이후 해이해진 정신을 재무장할 수 있으리라 믿고 맥아더의 시책에 동의한다.

아직 중국의 대표권을 가지고 있는 장제스는 6·25가 터지자 전쟁의 배후에는 소련이 있고 이는 서방 민주주의의 아시아 정책이 실패한 것이라고 판단한다. 참모총장 저우즈러우(周至柔)와 국방장관 꾸오지자오(郭寄嶠)가 총통부 총통집무실에 들어서자 장제스는 책상 위에 놓인 재떨이를 쓸어 팽개치며 소리를 질렀다.

"이게 뭐야, 당신들도 생각을 해봐. 도대체 미국의 정책이란 것은 틀려먹었단 말이야. 유럽에서는 서구 민주주의가 북대서양 공약인지 나토 조약인지를 체결하고 마셜 플랜이란 것을 채택하여 공산세력의 팽창을 잘 막았지 않아. 그러나 아시아에서는 소련의 중국 침략을 좌시했지 않아. 중구경아(重歐輕亞. 유럽을 중시하고 아시아를 가벼이 봄) 정책을 쓰다가 이 꼴이 된 거지 뭐야."

"그러나 우리는 미국의 비위를 거스르는 일은 어떤 일도 해서는 안 됩니다."

"알았어요. 알았어."

꾸오지자오 국방장관의 말에 장제스는 신경질적으로 대답한다.

그러다가 중화민국이 6월 29일 유엔으로부터 유엔 회원국의 한국전 파병을 승인한 안보리의 결의를 통보받자 즉시 3개 사단의 파견을 결정한다. 리우롄이(劉廉一) 장군이 지휘하는 제67군을 주력으로 제80군의 제201사단을 더하여 3만 5,000명 정도의 1개 군을 편성하여 20대의 C-46 수송기로 병력을 실어 한국으로 나르기로 했다. 이들 제67군은 1949년 10월 저우산 군도(舟山群島), 덩부도(登步島) 전투의 주력부대였고, 제201사단은 동월 진먼(金門)의 구닝터우(古寧頭) 전투의 주력부대였다. 이 두 부대는 모두 공산군과의 전투에서 충분한 경험과 승리의 경험이 있는 부대였다. 파병 준비는 마쳤으나 이들이 유엔군의 일원으로 참전할 수 있을지는 전적으로 미국의 손에 달려 있었다. 중화민국 주일대표단장 허스리(何世禮)가 일본 황궁〔皇居〕의 도랑 가 다이이치 빌딩의 6층 맥아더 집무실(54m²)을 찾아가 중화민국의 한국전 참전을 타진하였으나 그는 부정적인 태도를 보였다. 허스리는 반문하였다.

"어찌 안 된다는 것입니까? 장군. 속 시원히 말이나 좀 해 주세요."

"중화민국이 한국전에 참가하면 여러 가지 문제가 발생할 가능성이 있어요. 대만이 경거망동하면 자칫 대만 자체를 잃을 수도 있어요. 나는 대만만은 절대 잃게 할 수가 없어요. 대만 군대가 북쪽으로 이동하여 한국전에 참여한다면 미군이 그 빈자리를 메꾸어야 하는데 그러느니 차라리 미군이 직접 참전하느니만 못해요."

"그러나 장제스 총통의 의지는 아주 분명합니다. 우리는 유엔 상임이사국이에요. 우리가 한국전에 참전하겠다는데 못할 이유가 뭡니까."

"안됩니다. 지금 대만은 중화기가 부족하고 병사들에게 지급할 급여도 결핍되어 있는 상태라고 알고 있어요. 한국에는 아직 가용할 만한 보병이 있는데 그들이 패한 이유는 중화기가 부족했기 때문이어요. 만약 당신네가 참전한다면 미국이 현재 지고 있는 부담을 가중시키는 것뿐이에요. 내가 먼저 제7함대 사령관을 타이뻬이(台北)에 파견하겠어요. 그래서 미 해공군과 타협하고 국부군을 재편해서 별도의 용도로 사용할 방법을 강구하겠어요. 국부군이 유엔군으로 참전하는 것만은 반대이니 그리 아세요."

중화민국은 소위 유엔 5개 상임이사국 중의 하나이기는 하였으나 대만으로 쫓겨 온 상태에서 다른 상임이사국과 동등한 자격일 수는 없었다.

3

　펑더화이는 생각했다. 참전하여야 한다. 우리는 미국과 어차피 1전을 벌이지 않으면 안 된다. 나는 미군의 무진장한 지원을 받은 국민당 군을 물리쳤지 않은가. 그렇다, 전쟁은 장비가 아니고 사람이 하는 것이다. 그때 마오 주석의 전령을 가지고 시안에 왔던 예 비서의 말이 머리를 세차게 때리고 있었다. 비록 자기 개인 의견이라고 전제를 달기는 하였으나 어떤 중대한 임무를 맡길지도 모르겠다는 말이었다. 예 비서는 무엇인가 분위기를 알고 하는 말이었을 가능성이 크다. 펑더화이는 예 비서의 '중대한 임무'라는 지점에 생각이 멈추자 "아!" 하고 혼자 탄성을 발하였다. 혹시 자기에게 조선

파병의 임무를 맡기려는 것이 아닐까…. 펑더화이는 갑자기 가슴이 뛰었다. 침대에 올라가 잠을 청할 수가 없어서 바닥에 침구를 옮기고 앉아서 출병 건에 몰두하였다.

다음 날(10. 5) 아침 일찍 덩샤오핑이 북경반점으로 펑더화이를 찾아왔다. 마오쩌둥이 중난하이에 와서 아침 식사를 같이하자는 전갈이었다. 국향서옥에 도착하자 미리 마오쩌둥과 저우언라이가 기다리고 있었고, 식사는 마오쩌둥과 저우언라이, 덩샤오핑과 펑더화이까지 네 사람만 하였다.

"펑 총, 어제는 아무런 발언도 안 했는데 좀 서운했어요. 생각 좀 해보셨어요?"

"네 주석, 실은 저는 어제 회의가 출병 원조 건인지도 모르고 있었습니다. 제 머릿속에는 오직 서북건설만 맴돌고 있었으니까요."

"그래, 출병 원조 건은 어떻게 생각하세요?"

"많은 생각을 해보았습니다. 아무래도 참전은 해야 할 것 같습니다."

이번에는 저우언라이가 말을 거든다.

"주석과 저도 참전을 해야 한다는 쪽입니다."

마오가 말한다.

"라오 펑(老彭)의 의견을 들으니 마음이 놓이네요. 어제 저녁에 린뱌오, 가오강 두 동지가 여길 찾아와서 많은 얘길 나 눴어요. 두 동지는 지금도 참전을 반대하는 입장인데 가장 큰 이유는 세계 제3차 대전이 일어날까 봐 걱정을 하고 있었 어요. 그러나 그것은 지나친 기우예요, 오늘 속개되는 회의 에서는 펑 노총의 의견을 허심탄회하게 발표해 주세요. 단 참전을 반대하는 사람들도 모두 일리가 있어요."

"알겠습니다. 제 의견을 발표하겠습니다."

"그리고 이것은 만약을 위해서 묻는 말인데, 만약 참전을 한다면 누가 수장을 맡았으면 좋겠소?"

"제가 양상쿤에게서 듣기로는 중앙에서 이미 린뱌오 동지 를 보내기로 내정한 것 같던데요?"

마오쩌둥은 이 말을 듣더니 당장 눈썹을 찌푸리고 두 눈마 저 질끈 감아버린다. 그리고는 잠시 생각하는 듯하더니 한숨 을 내 쉬었다. 마오쩌둥은,

"그랬지요. 사흘 전에 나와 저우언라이, 리우샤오치, 주더 넷이서 상의한 결과 린뱌오를 보내기로 의견 일치를 보았지 요. 그 이유는 그가 해방전쟁 전체 시기를 통해 동북지구를 이끌어 온 사람일 뿐만 아니라 동북 제4야전군 사령관이었 으니까요. 현재 남만주에 집결한 4개 군은 모두 애당초 동북 지구에 있던 부대인지라 일단 전쟁이 벌어지면 무엇보다 먼

저 동북지구를 지원해야 하지요. 우리나라 장백산맥 지형의 특징이나 민정 풍속은 조선 북부의 실상과 대체로 비슷하지요. 이런 여러 면을 고려해서 그를 주장(主將)으로 보내자는 데 합의했지요. 그런데 며칠 전 내가 그의 의견을 타진하러 갔더니, 좀 긴장된 기색을 보이면서 건강이 안 좋다는 점만 강조해요. 날마다 불면증에 시달려서 햇볕도 무섭고 바람도 무섭고 사람의 목소리도 무섭다는 거예요. 그러면서 임무를 맡지 않았으면 하는 기색이 역력하더라니까요. 펑 총(彭總)! 린뱌오가 안 맡는다면 당신 생각에는 누가 가장 적임자일 것 같소?"

"그것은, 가장 중요한 것이 주석의 의중입니다. 주석께서 마음에 두고 있는 사람을 정해야 뒤탈이 없을 것입니다."

"라오 펑! 나는 실은 참전을 한다면 당신을 마음에 두고 있는데 라오 펑의 의견은 어떻소?"

펑더화이는 올 것이 왔구나 하는 생각이 머리를 쳤고, 여기서 뒤로 빼는 모습을 보여서는 절대 안 된다고 생각이 들었다.

"만약 주석의 의견이라면 기꺼이 따르겠습니다. 단 당 중앙의 의견 통일이 이루어져야 합니다."

"이제야 마음이 놓이네요. 물론이지요. 됐어요. 됐어."

오후에 회의는 속개되었다. 국가 부주석이며 동북(만주)

인민정부 주석인 가오강(高崗)이 발언을 하였다. 동북은 조선과 국경을 직접 접하고 있기 때문에 가오강의 위치는 아주 중요했다.

"나는 동북에 있기 때문에 조선인들의 생각을 잘 압니다. 조선인들은 동북을 자기네 국토라고 생각하고 있습니다. 그곳은 고조선이 있던 땅이고 고구려의 땅이었고 발해의 땅이었기 때문에 누구나 자기의 고향이라 생각하고 있으며 동북 인민군은 당연히 조선 전쟁에 참여해야 할 것으로 생각하고 있습니다. 그러나 우리는 선을 분명히 하고 우리의 국익에 의하여 행동하여야 합니다. 지금은 모든 여력을 국가건설에 모아야 할 때라고 생각합니다. 지금 우리는 건국한 지 1년밖에 안 되었으며 내전의 피해가 너무나 큽니다."

이번에는 린뱌오가 다시 발언을 한다.

"우리가 미국과 싸워서 이길 수 있다고 생각하십니까? 중국을 보호하기 위해서는 미국을 적으로 삼을 것이 아니고 오히려 아군으로 만들어 보는 것은 어떻습니까? 미국은 벌써 우리에게 정보를 흘리고 있습니다. 우리가 조선에 파병을 하지 않으면 우리와 외교 관계를 맺을 수도 있다는 암시를 보냈습니다. 물론 하나의 음모일 가능성도 있습니다만 우리는 우리 나름대로 그들을 역이용하면 됩니다. 오히려 좋은 기회일 수 있습니다. 지금 이대로 싸운다면 미국은 일본이 우리 국민을 살상한 수보다 훨씬 많은 수를 살상할 수도 있습니다."

펑더화이는 이제야말로 발언해야 할 때라고 생각했다.

"왜 모두 반대만 하십니까? 생각해 보세요. 미국이 만약 조선반도 전체를 점령한다면 동북지역이 편안할 것 같습니까? 동북뿐만 아니라 중국 전체가 막대한 위협에 빠질 수 있습니다. 지금 시간은 급박합니다. 머뭇거릴 시간이 없어요. 나는 출병 원조는 필요하다고 생각합니다. 잘못되어도 기껏해야 국내 해방전쟁의 승리가 몇 년 늦어지는 정도입니다. 미국이 전체 조선을 점령하고 우리의 문 앞에서 우리와 얼굴을 맞대고 대치한다면 그들은 언제라도 핑계를 대고 중국에 쳐들어올 수 있습니다. 이왕 싸울 것이라면 나중에 싸우는 것보다는 미리 싸우는 것이 낫습니다. 미국은 대만해협을 봉쇄함으로 벌써 우리에게 도전장을 던졌습니다. 대만 해방을 코앞에 두고도 미국 때문에 공격을 못 하고 있는데 여기서 다시 양보한다면 우리는 벌써 미국한테 무릎을 꿇는 격입니다. 이왕 전쟁할 바에야 전장(戰場)을 우리나라가 아닌 다른 나라로 설정하는 것이 열 번 낫습니다. 건설은 하루 이틀에 끝나는 것이 아닙니다. 건설은 먼저 급한 전쟁을 마치고 나서 해도 결코 늦지 않습니다."

모두 일시에 시선이 펑더화이에게 꽂힌다. 펑더화이는 더 힘주어 말한다.

"우리에게 숱한 곤란이 있는 것은 사실입니다. 이제껏 모두가 피력한 정황도 모두 사실이고요. 하지만 적에게도 약점은 있습니다. 그것은 병력이 부족하고 보급노선도 길게 뻗어 있다는 사실입니다. 미국 본토에서 조선까지 약 5천여 해리나 떨어져 있으니까요. 우리는 물론 전반적인 면에서 문제를 관찰해야 합니다만, 적이 조선반도 전체를 점령했을 경우, 이것은 바로 우리나라에 막대한 위협이 됩니다. 과거 일본이 중국을 공격해 왔을 때도 바로 조선을 발판으로 삼아 우선 동북 3성을 공격하고, 다시 동북 3성을 도약대로 삼아 관내까지 대거 진공해 왔습니다. 이 역사적 교훈을 소홀히 보아 넘겨서는 안 됩니다. 이번 우리가 싸워야 할 상대는 미국 침략군으로, 우리 입장에서 얕잡아 볼 수 없는 상대이긴 하지만 그렇다고 우리 자체의 실력을 과소평가해서도 안 됩니다. 47년 후중난(胡宗南) 군이 옌안으로 진격해 왔을 때, 그 병력은 24만 명이고 공군의 지원도 있었으며 무기 장비도 대부분이 미제였습니다. 아군 장비와 비교해 보면 몇 배나 많고 우수했습니다. 아군은 겨우 2만 5천 명으로 적군의 10분의 1

밖에 되지 않았고 무기도 낡고 소총 한 자루당 배정된 실탄은 20발에서 30발을 넘지 못했습니다. 산시(陝西), 간수(甘肅), 닝샤(寧夏) 성 지역은 토지도 척박하고 인민도 가난한 데다가 인구마저 고작 1백만이었습니다. 이런 상황에서 우리가 어떻게 후중난 군을 격파할 수 있었습니까? 첫째, 우리는 정의로운 전쟁으로 스스로를 보위하려는 전쟁을 했습니다. 둘째, 변방지역 민중의 강력한 지원을 받았습니다. 셋째, 민첩하고도 신축성 있는 기동전략과 융통성 있는 기동전술에 전적으로 의지했습니다. 현재 우리는 이미 전국의 정권을 장악했고 수백만 군대와 전국 인민의 지원이 있습니다. 우리가 우세한 장비의 적에게 대응한 경험을 지닌 이상, 전략 전술 면에서 중대한 실책과 오류만 범하지 않는다면 우리는 미국 침략군을 격파할 자신이 있습니다."

너무나 힘주어 말하는 펑더화이의 말에 모두는 일시에 말문이 막힌 듯했다. 듣고 있던 마오쩌둥이 말을 이었다.

"미국이 조선에서 승리하게 되면 우리에게 위협이 되는 것은 사실입니다. 무기의 다과를 너무 중시할 필요는 없습니다. 우리는 미국의 무기에 해당하는 무궁무진한 인력이 있습니다. 우리는 핵은 없지만 수류탄이 있어요. 만약 우리가 출병하지 않는다면 적군은 압록강까지 침범할 것은 분명합니다.

참전하게 되면 이익이 클 것이고 참전하지 않으면 손해가 클 것입니다. 지금까지 상당수의 동지들이 참전 불가의 이유를 말했습니다. 다 국가를 위한 말이기 때문에 얼마든지 좋습니다. 그러나 우리가 한시도 잊지 말아야 할 것이 있습니다. 조선인민과 조선노동당원들은 우리의 항일전쟁, 해방전쟁에서 중국 혁명 사업을 위하여 우리와 같이 피를 흘러주었어요. 어느 소수민족이 우리의 내전을 자기의 내전으로 알고 그들처럼 우리와 함께 싸워준 민족이 있었습니까? 지금 조선은 민족적 위기에 처해 있어요. 그들은 우리를 위하여 목숨을 걸고 싸워주었는데 우리는 그들이 곤경에 처해 있을 때 가만히 있을 수 있을까요? 수백 수천 가지의 이유가 있다고 해도 이 한 가지 이유를 반박할 수는 없을 것입니다. 이것은 애국주의의 입장에서도 그렇고 국제주의의 입장에서도 조선이 어려운 일이 있으면 우리가 떨쳐 일어나 주어야 합니다. 견의용위(見義勇爲. 의를 보면 용감히 일떠서는 것)는 우리 중화민족의 특기이며 전통 미덕이 아니었습니까? 결론적으로, 현대에서는 누구나 힘센 나라가 힘 약한 나라를 마음대로 유린할 수 없게 만들어야 합니다. 약한 나라를 치는 나라는 돌멩이로 자기 발등을 찧는 격이 되게 만들어주어야 한다."

마오쩌둥은 자기가 너무나 직접적으로 말하고 있지 않나

약간 후회도 해보았으나, 그러나 자기가 뜻을 분명히 하지 않으면 안 되겠다고 생각하고 차를 한 모금 마시고 말을 계속하였다.

"물론 우리가 출병하지 않을 이유 또한 백 가지도 더 됩니다. 그러나 현재 미제의 창끝이 동북을 향하고 있습니다. 조선은 좁은 면적을 가진 지역이기 때문에 우리가 도와주지 않는다면 며칠을 버티기 어렵습니다. 만일에 조선이 미국에 의해 점령된다면 그들이 압록강을 건너오지 않더라도 우리의 동북은 미국의 위협 속에 나날을 보내지 않으면 안 됩니다. 그렇게 되면 오히려 평화적인 건설도 어려워져요. 우리가 조선 문제를 방치하면 미제는 득촌진척(得寸進尺. 작은 것을 먹으면 더 큰 것을 먹으려 함)할 것이 분명합니다. 미제는 일제가 중국을 침략하는 모습을 잘 보아 왔으며 그 루트를 잘 알고 있습니다. 그들이 우리를 친다면 오히려 일제가 했던 만행보다 더했으면 더했지 못하지는 않을 것입니다. 미국은 지금 세 개의 칼날을 우리에게 향하고 있어요. 첫째, 조선으로부터의 칼날은 우리의 머리를 향하고 있고, 둘째, 대만으로부터의 칼날은 우리의 배를 향하고 있고, 셋째, 베트남으로부터의 칼날은 우리의 발등을 향하고 있어요. 사 불리하면 그들은 이 세 방향에서 중국을 동시에 진공해 올 수도 있어요. 그런 상황에서 피동적인 대상이 됐을 때는 이미 늦어요. 우리가 지금 결의하려는 항미원조(抗美援朝. 미국에 항거하여 조선을 도움)는 그들의 생각대로 가지 못하게 할 뿐 아니라 한 번 주먹을 뻗어서 백 대의 주먹을 막는 일입니다. 항미원조는 순망치한, 호파당위(戶破堂危. 대문이 부서지면 집 본채도 위험에 빠짐)를 막는 일입니다. 단 여러 사람이 주장하였고 나도 동의하지만 우리는 장비 면에서 미국에 뒤집니다. 소련의 협조는 어떤 형태로든 필요합니다."

마오는 북벌전쟁, 항일투쟁, 국공내전을 거치면서 조선인의 의지와 용감성을 충분히 알고 있었다. 중국인은 도저히 따라갈 수 없는 정신무장이며 항일의지, 높은 지식수준은 마오의 입장에서는 반할 정도였다. 이런 나라를 철저한 자기편으로 만드는 것은 너무나 중요한 일이었다. 중국인은 항일의지가 조선인에 비하여 훨씬 미치지 못했다. 특히 동북인민은 수 천 년 동안 흉노, 거란, 여진, 몽골의 노략질을 당해 왔으며 근래에 와서는 부패한 장제스 정부의 착취와 마적 떼들의 강탈로 지쳐 있는 사람들이다. 일본인들이 침략해 와도 그들은 마적 떼 정도로 생각했다. 어차피 강탈당하기는 마찬가지였기 때문이다.

동북뿐만 아니라 대만 같은 경우는 오히려 일본인을 환영하는 분위기까지 있다. 포르투갈인이 통치하다가 네덜란드인이 그들을 쫓고 통치하였으며, 명나라의 정청꿍(鄭成功)이 도망 와서 또 네덜란드인을 내쫓고 통치하다가, 청이 이를 정벌하고 푸젠성(福建省)의 일부로 편입하였으며, 일본이 조선에서의 청·일 전쟁의 대가로 이를 할양받았고, 이어서 장제스가 망명하여 통치하고 있다. 그들의 입장에서는 어차피 누구의 통치를 받고 착취를 당하기 마련이기 때문에 그 중에서 가장 통치를 잘해 주었다고 생각하는 일본에 가장 호감을 가지고 있는 것이었다. 대만인의 일본에 대한 짙은 향수는 누구도 말리지 못한다. 그러나 조선인의 항일의지는 전혀 다르다. 중국인이 발 벗고 따라가도 따라갈 수 없을 정도로 강하며 정부 수립까지 중국을 도와준 조선의용군의 은혜는 너무나 크고 감격적인 것이었다.

마오의 말이 막 끝나가려는 즈음에 밖에서 사령원이 들어와 마오쩌둥에게 조용히 말한다.

"풍택원에 소련 손님이 와서 기다리고 계십니다. 급한 일이라고 합니다."

조용한 말이지만 가까이 있는 사람은 알아들을 수 있을 만한 음량이었다. 마오쩌둥은 주위를 둘러보며 말했다.

"소련에서 급한 손님이 왔다니 잠깐 만나고 오겠소. 잠시 휴회하겠습니다."

마오는 바로 옆에 있는 풍택원에 가서 소련 손님을 만나고 20분 정도밖에 안 되었는데 종이 한 장을 들고 밝은 표정으로 들어왔다.

"방금 스탈린 동지로부터 친서를 받았습니다. 스탈린 동지는 김일성 동지의 요구를 받아들여 원조하기로 결정했고 중국의 출병에도 찬동한다고 했습니다. 이만하면 충분하지는 않지만 일단 출병을 결정해도 되지 않겠어요?"

"찬성합니다."

몇 사람이 찬성한다고 입을 모았고 나머지도 대부분 긍정적인 표정으로 바라보고 있었다.

이로써 출병 원조는 결정 난 것이나 다름이 없다. 사태를 만회할 길이 없음을 안 린뱌오가 불쑥 한마디 하였다.

"만약 반드시 출병하여야 한다면 출이부전(出而不戰)하여야 합니다."

출이부전이라니, 출병은 하되 싸우지 않는다. 그런 방법이 있을 수 있을까? 린뱌오는 실은 한국전쟁에 대하여 가장 관심을 가지고 주시하고 있었다. 9월 초 주북한 무관 차이청원(柴成文)이 북경에 돌아오자 그를 자기 집으로 초청하여 식사를 같이하며 자세한 조선 소식을 듣는가 하면 다른 여러 정보 루트를 통해서 가장 민감하게 정보를 수집하고 있었다. 마오쩌둥은 린뱌오에게 물었다.

"어떻게 출이부전 할 수 있단 말이오?"

"첫째는 동북지방까지만 출병하여 감히 미국이 중국을 넘보지 못하게 겁박하는 방법이 있고, 둘째는 조선까지 출병을 하되 북부지방에 주둔하며 협상하는 방법이 있고, 셋째는 만부득이 싸워야 할 경우라도 연구를 해보면 우리의 인력을 최소한으로 소모하고 효과를 거둘 수 있는 방법이 있다고 생각합니다."

하여튼 이날 린뱌오의 의견은 무시되고 일단 출병 원조는 결정을 보았다. 그런데 제4야전군의 린뱌오가 책임을 맡으리라는 예상을 뒤엎고 제1야전군 펑더화이가 책임을 맡게 된 것이다. 아직 정치국의 정식 동의가 필요하지만 일단 지원군 총사령관에 펑더화이, 부사령관에 홍쉐즈(洪學智), 덩화(鄧華), 한센추(韓先楚), 그리고 병단 참모장에 제패이란(解沛然=제팡〔解方〕)으로 결정을 보았다.

회의가 파하자 마오는 린뱌오와 펑더화이만 불러 극비의 상황을 논의하였다. 특히 린뱌오의 출이부전의 세 번째 방법을 물었다.

"린 총! 오늘 회의에서 말한 세 번째 출이부전의 방법에서 인력을 최소한으로 소모하고 효과를 거둘 수 있는 방법이 있다고 했는데 그 방법을 자세히 좀 말해주세요."

"제가 먼저 주석께 질문해도 되겠습니까?"

"무엇이오?"

"저 많은 국민당군의 포로를 어떻게 처리하실 계획이십니까? 그들은 진심에서 항복해 온 인원이 아니기 때문에 공산당의 시책에 절대 진심에서 복종할 인원이 아닙니다. 물론 지금까지 많이 돌아섰고 이 뒤로도 돌아서겠지만, 끝까지 심복하지 않을 인원이 제 생각으로는 최소한 200만 명은 될 것이라고 생각합니다."

"맞는 말이오. 실은 나도 저들을 어떻게 취급하여야 하나 고민 중에 있었소. 그들을 처리할 계획이라도 있는 것이오?"

그러자 펑더화이도 린뱌오를 보고 말을 한다.

"무슨 좋은 방책이라도 있소?"

"있습니다. 이번 조선 전쟁에서 그 국민당 군을 소비하는 것입니다. 이것은 일거양득입니다. 우리의 대미 전쟁에 적극성도 보이고 우리의 최대의 골칫거리를 해우(解憂) 하는 방법이기도 하고요."

마오쩌둥과 펑더화이는 서로 얼굴을 마주 보고 탄복하는 표정을 지었다. 이번에는 세 사람이 얼굴을 마주 보며 가벼운 미소를 띠었다. 마오가 무엇인가를 결심한 듯 입을 열었다.

"찬성이오. 이제부터 지원군으로 조선에 들어갈 해방군 병력의 배치 문제는 일체 린 총에게 맡기겠소."

"고맙습니다. 제가 펑 총과 타협해서 드러나지 않게 면밀히 배치하겠습니다. 단 일체의 권한을 저에게 일임해 주셔야만 합니다."

"알겠소. 일임하겠소."

알고 보면, 불만세력을 전쟁터에서 소모하는 것은 특별한 묘책도 아니다. 전쟁을 하는 자들이 오래전부터 써오던 상투적인 수법이었다. 도요토미 히데요시가 임진왜란을 일으킨 가장 큰 원인이 국내 불만세력을 해외로 축출시키려는 것이었다. 전국시대의 일본열도 안에는 2백 개 이상의 나라들이 난립하였다. 미천한 신분으로 천하를 통일한 도요토미는 기라성 같은 영웅호걸들이 언제 어디서 자기의 목에 칼을 들이댈지 모르는 불안한 나날이었다. 그래서 생각해 낸 것이 조선 침략이었다. 도요토미의 입장에서는 싸움은 이겨도 좋고 져도 좋은 것이다. 불만세력들을 모두 소비하고 국론을 통일하려는 것이 목적이었으니까.

소련이 볼셰비키 혁명을 일으켰지만, 그 반대세력이 대단하였다. 특히 귀족이며 군인, 지식인들의 강한 저항에 부딪

혀 많은 어려움을 겪고 있었다. 그때 히틀러가 세계 제2차 대전을 일으키고 바바로사(Barbarossa) 계획에 의하여 소련을 침공해 옴으로서 오히려 소련 공산혁명을 완성하는 좋은 계기가 되어 주었다. 스탈린은 혁명에 저해가 되는 인원을 애국이라는 명분으로 징집하여 전선으로 내몰아 죽게 함으로써 불만세력을 일시에 제거할 수 있었던 것이다. 모스코 전투(Battle of Moscow) 시 약 5개월여 동안에 400만~500만 명의 사상자가 나왔는데 그 안에 대부분이 혁명 불만세력들이었던 것이다.

바로 1개월 전까지만 하여도 김일성이 낙동강 전선 공방전에서 이 방법을 써먹고 있었다. 북한은 8월 초까지 1개 전차사단과 9개 보병사단을 낙동강 전선에 동원하였고 다른 3개 보병사단이 뒤따라오고 있었다. 이 공방전은 8월 초에서 9월 중순까지 계속되는데 낙동강 전선에서 치열한 공방전이 전개되고 있을 때, 그들은 남한 청년 40만 명을 강제로 징집하고, 또 각 감옥에 갇히어 있던 반공 죄수들을 의용군이라는 명목하에 낙동강 전선에 투입하여 소모전을 벌이고 있었다. 9월 15일 인천상륙작전 개시와 더불어 국군과 유엔군이 낙동강 방어선에서 총반격을 하게 됨으로 그들의 불만세력 소모전도 무의미하게 끝나고 만다.

마오는 린뱌오를 보며 이번에는 다른 문제를 꺼냈다.

"그리고 출병원조군의 명칭문제를 나와 저우언라이 동지가 생각해 둔 것이 있는데, '항미원조 지원군' 어떻소?"

"미국에 항거하여 조선을 돕는다는 항미원조(抗美援朝)는 좋습니다만, 지원군은 가지 지(支) 자입니까 뜻 지(志) 자입니까?"

"뜻 지자 지원군(志願軍)이지요. 그래야 정식 선전포고에 의한 전쟁 참여가 아닌 게 되지요."

"좋습니다."

린뱌오와 펑더화이가 동시에 찬성하였다.

사흘 전, 마오쩌둥과 저우언라이는 일단 조선에 출병하기로 의견이 모아지자 급히 황옌페이(黃炎培)를 불렀다. 황옌페이는 경제계의 원로이자 비공산당원인 부총리로서 항상 정도를 가는 원로로 잘 알려져 있었다. 황은 비록 두 사람이 가정을 하고 묻는 말이라고는 하지만 둘의 뜻이 합치되었다면 결정된 사항이나 마찬가지이기 때문에 신중히 자기의 의견을 말해 주었다. 지(支)원군이라 하면 정규군의 일부가 되기 때문에 말썽이 날 소지가 많으니, 지(志)원군이라고 하면 개인적인 의지에 의하여 참여한 군대가 되기 때문에 말썽이 날 염려가 적다고 말하였다.

2
절치부심

1

　중국공산당 중앙위원회는 10월 8일에 일단 중국인민군 지원군은 동북지방에 포진하고 있는 동북변방군을 파견하기로 한다. 이를 중남지구 사령관인 린뱌오가 안배하며, 이후 린뱌오 직할지구 해방군을 주축으로 각지 해방군을 선발하여 보내기로 한 것이다. 동시에 이날 총리 저우언라이와 부주석 린뱌오를 소련에 파견하여 스탈린과 조선 전쟁의 구체안을 협의하도록 하였다. 러시아어 통역은 스저(師哲) 중앙판공청 정치비서실 주임이었다. 이들이 소련 국방상 불가린의 안내로 흑해 해변 소치에 있는 스탈린의 아브카시아 별장을 들어선 것은 10월 9일 저녁 7시가 되어서였다.

한반도 크기의 2배가 되는 흑해는 소치가 있어서 그 아름다움을 더해준다. 흑해는 러시아, 불가리아, 루마니아로부터 강물이 흘러들어온다. 이로 인해 산소 부족 현상이 일어나 박테리아가 죽어 검은색을 띤다. 도심의 아담한 아훈산(Mt. Akhun)이 아름답고 멀리 보이는 캅카스산맥의 만년설이 러시아 최고의 휴양지로 손색이 없음을 말해준다. 스탈린의 수많은 여성 편력도 이곳 흑해 별장과 관계가 깊다. 살짝 들린 코를 가진 이곳 별장 하녀와 스탈린과의 관계는 아는 사람은 다 아는 일이었다. 스탈린의 나이 어린 아내, 나디아 알리루예바는 원래 레닌의 비서 중 하나였다.

레닌은 뇌출혈로 쓰러졌다가 1년 반 동안 반신불수로 지내다가 겨우 업무를 재개하면서 동지들에게 편지를 썼다. 그 편지에서 "스탈린 동지는 무자비한 사람이다. 동지들에게 당부하오니 그를 권력에서 배제해주기 바란다."라고 썼다. 이 편지를 받아쓴 레닌의 비서가 바로 훗날 스탈린의 아내가 된 나디아 알리루예바였던 것이다. 나디아는 자살로 생을 마감하는데 그녀가 자살하기 1주일 전에 스탈린과 심하게 다퉜다. 그때 스탈린은 갑자기 나디아가 자신의 딸일지도 모른다고 소리를 질렀다. 나디아는 어머니에게 따졌고, 어머니 올가는 나디아가 태어나기 전 해에 스탈린과 두 달가량

내연관계에 있었다는 사실을 털어놓는다. 나디아는 총소리가 나지 않게 베개로 총을 감싼 다음 심장을 조준하여 방아쇠를 당겼다.

  9일 저녁부터 시작한 회의는 소련 정치국 위원들이 대부분인 말렌코프, 카가노비치, 베리야, 미코얀, 블가린과 몰로토프 등이 참가했다. 회담이 시작됐을 때는 팽팽한 긴장감이 감돌았다. 스탈린이 먼저 콧수염을 한 번 쓸어내리고는 침착하게 조선 전쟁 상황을 설명했다.

  "김일성 동지는 처음에 일이 쉽게 풀리자 적을 너무 가볍게 보았어요. 그도 그럴 것이 전쟁 개시 사흘 만에 서울을 점령하고 한 달 만에 최남단 부산까지 밀고 내려갔으니 그럴 만도 하지요. 그러나 그것은 결국에는 미국의 전략에 말려들어간 거예요. 한마디로 말해서 김일성 동지의 용감한 모험은 실패한 거지. 남한에 자신을 지지하는 세력이 많고 군사력도 우수하다고 큰소리치기에 그걸 믿고 나는 동의했지요. 나나 마오쩌둥 동지도 결과적으로는 미국의 꼬임 수에 넘어간 거예요. 어떻든 적은 인천상륙작전을 감행하여 나와 트루먼이 획정한 38도선을 넘어 북진하고 있어요. 조선은 더 이상 버틸 수가 없게 됐어요. 미군은 공격을 그치지 않을 것이니 이는 소련이나 중국에도 아주 불리한 일이예요."

　38도선은 원래 미국이 불리한 입장에서 부랴부랴 결정한 것이었다. 그것은 일본의 항복을 받기 위한 것이었고 일본이 물러난 후는 당연히 없어져야 할 임시 분계선이었다. 그때 소련군은 벌써 만주를 넘어 일부는 한반도 북부 지역까지 내려온 상황이었다. 미국은 소련처럼 한반도에 즉각적인 영향력을 발휘하기가 쉽지 않은 상황이었다. 소련군은 한반도에 진입했지만, 미군은 멀리 떨어진 오키나와와 필리핀에 있었다. 미국의 입장에서는 소련군의 남하를 가능한 한 한반도 북쪽에서 저지하지 않으면 안 되는 상황이었다. 이때 3부 조정위원회(SWNCC. 미 국무부, 육군부, 해군부 기관원의 협의체)에서 절충안을 제시했다. 바로 38도 분계선이었다. 포츠담 회담에서 미·소 실무자 간에 묵시적인 양해가 가능했던 분계선의 설정이었다. 몇 차례 회의 끝에 최종적으로 미·소 분단선으로 38도선이 확정됐다.

　38도선 분할 안은 태평양 지역 연합군 최고사령관에게 하달하는 '일반명령 1호(General Order No.1)'의 초안에 포함됐다. 일반명령 1호는 트루먼이 결재하자마자 맥아더와 스탈린에게 보내졌고, 스탈린은 미국 측의 우려를 불식하듯이 신속하게 동의의 회신을 보냈다.

그때 미국의 실무를 담당했던 본스틸 대령과 딘 러스크 대령은 1945년 8월 11일 새벽에 지도 한 장을 열심히 들여다보고 있었다. 그것은 내셔널지오그래픽 지의 1942년도 판 지도였다. 둘은 거의 동시에 한반도의 절반에 해당하는 북위 38도선을 짚으며 미·소 작전 담당구역의 분할선으로 하자는데 합의하고 있었다. 미군은 너무 멀리 떨어져 있어 가장 깊숙이 진주시켜 봤자 38도선밖에 못 미친다고 판단한 것이다. 그들이 의견을 개진하는 과정에서 해군부에서는 38도선이라면 남쪽이 더 작지 않은가 39도선으로 하자는 의견을 개진하였지만 육군부에서는 38도선이면 충분하니 어서 결정하자고 독촉했던 것이다. 이렇게 하여 만주와 북위 38도선 이북의 조선반도, 사할린 및 쿠릴열도에 있는 일본의 선임지휘관과 모든 보조 육해공군 부대는 소련 극동군 사령관에 항복하라, 그리고 일본군과 일본 본토에 근접한 모든 작은 섬과 북위 38도선 이남의 한국, 류큐 열도와 필리핀 제도에 주둔한 일본의 선임지휘관과 육해공군 및 보조 부대는 미국 태평양육군총사령관에게 항복하라고 결정을 보았었다.

다른 정치국 위원들은 발언을 삼가고 있는데 스탈린이 거침없이 말을 계속했다.

"나는 마오쩌둥 동지에게 친서를 보냈어요. 아마 저우언라이 동지도 그 소식을 알고 왔을 거예요. 현재 미군은 이미 38선을 넘어섰어요. 조선은 후방지원이 없으면 기껏해야 1주일 정도 버틸 거예요. 나는 마오 동지에게 우리가 미국을 너무 두려워할 필요는 없다고 했어요. 기실 중국과 소련이 합치면 미국과 영국이 합친 것보다 강해요. 구라파에는 지금 미국을 도와줄만한 자본주의 나라가 없어요. 독일은 아직 군사적 실력을 갖추지 못하였기 때문에 미국에 도움이 되지 못하지요. 단 분명히 말하건대 우리는 조선 전쟁에 직접 개입은 절대 안 해요. 우리는 조선에서 소련병력을 완전히 철수한다고 발표했기 때문에 미군과 충돌은 불가해요. 중국은 조선인과 생김새가 비슷하고 미국과 국교가 없기 때문에 소련에 비하여 행동이 자유스럽지요. 우리가 직접 개입하면 세계대전이 터질 염려가 있어요."

스탈린은 저우언라이와 린뱌오를 바라보며 당신네도 할 말 있으면 해보란 듯이 쳐다본다. 저우언라이가 입을 열었다.

"방금 스탈린 동지의 말대로라면 중국과 소련이 힘을 합하면 미영이 힘을 합한 것보다 강하다고 했는데 무엇이 두려워서 직접 개입을 꺼려하십니까. 미국이 핵무기를 사용할까 걱정이십니까. 천만에요. 그들은 절대 핵무기를 사용하지 못합니다. 그것은 첫째 소련도 핵무기를 가지고 있기 때문이고, 둘째 그들이 만약 중국에 핵무기를 사용한다면 소련의 도움이 없이도 미국을 불행한 나라로 만들 수 있어요. 중국은 일본과 달라요. 우리는 무궁무진한 인력이 있어요. 결국 미국은 최후 전선에서 유리한 고지를 차지할지 모르지만 출혈이 너무나 심하다는 것을 잘 알고 있기 때문에 중국을 치지는 못하지요. 그러나 아시다시피 우리는 내전으로 지친 신생국이기 때문에 군사적 역량이 쉽지 않아요. 오직 소련의 지원 여하가 이번 조선 전쟁의 승패와 밀접한 관계를 가지고 있어요. 특히 공군력의 지원은 필수 불가결하지요. 만약 소련이 지원을 못 한다면 우리 중국도 참전할 수 없지요, 스탈린 동지."

저우언라이가 스탈린을 쏘아보자 스탈린도 눈싸움이라도 하듯이 저우언라이를 바라보며 말한다.

"일단 우리 전투기가 하늘로 떠오르면 국경이 애매해져요. 잘못하면 우리와 미국이 직접 교전할 수도 있단 말입니다."

이번에는 린뱌오가 스탈린을 정면으로 바라보며 말한다.

"정 그렇게 미국과 교전이 두려우면 이렇게 하면 어떻습니까? 소련 파이롯트들이 중국 인민지원군 복장을 하고 참여하는 것입니다. 그러면 제공권의 문제나 소·미 간의 군사충돌도 피할 수 있지 않을까요?"

"지금 린 동지는 농담을 하자는 거예요? 싸움에는 반드시 포로가 생기기 마련인데 소련 조종사가 포로로 잡혔을 때 몸에 걸치고 있는 중국 지원군 복장이 무슨 의미가 있단 말입니까? 당신들 이번 소련을 방문한 목적이 조선 전쟁을 유보하자고 통지하는 거예요?"

이번에는 저우언라이가 단호히 말했다.

"그렇습니다. 만약 소련군의 지원이 없다면 특히 공군의 지원이 없다면 우리는 출병을 유보할 수밖에 도리가 없어요."

스탈린은 약간 신경질적으로 받아친다.

"좋습니다. 이 사실을 김일성 동지에게 통보하도록 하지요. 우리는 조선을 도울 수 없으니 조선은 급히 동북지구 퉁화(通化)에 망명정부를 세우라고요. 일단 북한군을 중국의 동북으로 철수시키고, 노약자나 장애인, 부상병은 소련이 받아들이면 되지요. 전투력을 갖춘 군대는 조선과 가까운 동북지방으로 철수해야 진격이 쉬울 것 아니겠어요?"

듣고 있던 린뱌오가 즉각 받아쳤다.

"전투력을 갖춘 병력을 조선에서 철수할 필요는 없습니다. 조선은 온통 산지이기 때문에 유격전을 하기에 더없이 좋은 곳입니다."

  이 말은 린뱌오가 즉석에서 생각해서 한 말이 아니었다. 전에 북한 주재 중국 대리대사 차이청원이 귀국했을 때 자세히 상의했던 바이고 김일성도 이 방법을 생각하고 있다는 것을 알고 있었기 때문이다. 그러나 스탈린은 린뱌오를 아주 업신여기듯 한마디로 무시해 버리고 만다.

  "조선이 유격전으로 버티면 얼마나 버티겠어요. 미군은 조선 게릴라 부대쯤이야 아주 빨리 소멸시켜버리고 말걸."

  회의가 끝나고 주연이 베풀어졌지만, 린뱌오는 스탈린이 아무리 술을 권해도 한 잔도 마시지 않았다. 스탈린이 자기를 무시한 발언이며 조선의 망명정부를 감히 동북지방으로 옮기고 주력부대를 동북으로 옮기자는 발상에 대한 불만의 표시였다. 동북에 북한의 주력부대가 옮겨오면 미국은 동북 폭격을 감행할 것이다. 그러면 전장 터는 한반도가 아니고 중국 국내가 되고 만다. 장애인 노약자들이나 받아들인 소련은 미국이 공격할 이유가 없다. 린뱌오는 생각하면 할수록 스탈린이 가증스러웠다. 린뱌오의 뒤틀린 심사를 옆에서 보다가 국방상 불가린이 한마디 던진다.

  "아니 린뱌오 동지, 술에 독이라도 탄 줄 아오?"

  그래도 린뱌오는 별로 웃지도 않고 술은 입에 대지도 않앉다. 저우언라이와 스탈린은 새벽녘까지 술을 마시고 헤어졌다.

　연회를 마친 뒤 저우언라이 일행은 숙소인 오스트로브스카야 8번지 아파트로 돌아왔다. 통역을 맡은 스저는 중앙판공청 기요실 부주임 캉이민(康一民)의 임시 사무실로 달려갔다. 스탈린을 만나고 있는 중에 본국으로부터 새로운 지시라도 있을까 해서였다. 캉이민은,

"마침 잘 왔어요. 지금 마오 주석으로부터 전보가 왔는데 이거 보세요."

하고 한 장의 전보를 내민다. '당신들이 소련에 간 다음 우리는 회의를 계속했다. 정치국 동지 대다수가 참전에 찬성했다.'는 내용이었다.

　저우언라이는 스저에게 전문을 러시아어로 번역하게 하여 수상과 외상을 역임한 바 있는 몰로토프에게 전달하였고 몰로토프는 즉시 스탈린에게 전달하였다. 마오쩌둥은 따로 스탈린에게 중국공산당 정치국회의의 참전 결정상황을 통보하였다. 스탈린은 마오의 참전 결정 통보를 받고 자기와는 기본발상이 다른 마오를 머리에 떠올려 보았다. 기실 스탈린은 마오에 대하여 미안한 면이 없지 않다. 그가 중국을 적화하는 데 별 도움을 주지도 못했고 때로는 방해까지 했기 때

문이다. 그런데도 마오는 미국의 적극적인 지원을 받은 국민당 군을 기어코 밀어내고 거대한 중국 통일을 달성했지 않은가? 이제 지원을 하지 않을 명목이 없어지고 말았다.

마오는 마오 대로 중요한 전략 의도가 복선으로 깔려 있었다. 일단 동북지원군 25만 명을 파견하되 공격은 취하지 않고 조선의 북부 산악지역에 튼튼한 방어진지를 구축하고 미군의 북진을 기다리기로 한다. 접전 시는 투항한 장제스 국민당 군을 전열에 출전시켜 대량 소모전을 벌여 불만세력을 제거하고 그 피의 대가로 소련으로부터 무기 및 제조기술을 지원받아 세계적인 강국으로 부상하겠다는 것이었다.

저우언라이는 스탈린과 다시 만나서 중국은 항미원조전(抗美援朝戰)에 참여한다는 사실을 몰로토프와는 별개로 정식 통보하였다. 스탈린은 마오쩌둥의 결단에 대하여 감동한 눈치였다. 저우언라이가 이래도 소련이 발뺌만 하겠느냐고 따지자 스탈린은 슬쩍 말을 돌린다.

"우리가 참전할 수 없다는 것은 미국과 직접 교전을 안 하겠다는 것뿐이고 간접적인 지원은 하겠다는 것이었지요. 기술적인 지원이나 무기의 지원은 가능해요."

"우리가 가장 필요한 건 공군력이고, 육·해군의 직접적인 지원도 필요합니다."

"육·해군의 직접적인 지원은 불가해요."

"그럼 공군 지원은 가능합니까?"

"가능하지요. 단 우리는 지원사격은 가능하지만, 미군기와 직접 교전은 피해야 해요."

"북한에는 소련제 전투기를 운전할 비행사 한 명도 없는 나라예요."

"그럼 비행사까지 지원을 하되 우리가 직접 참전을 했다는 것을 피하기 위해서 먼저 린뱌오 동지의 말대로 중국군 복장을 하고 참전하게 하지요. 단 빠른 시일 안에 북한 조종사를 양성하고 우리의 직접적인 인원은 참여하지 않는 것으로 하겠어요. 소련은 만약의 경우를 대비하여 치타와 남부지역에 비행기, 탱크, 차량, 대포, 총기, 탄약 등을 운반해 놨어요. 요구한다면 당장 내일이라도 동북으로 운반이 가능해요."

"알았어요. 그럼 내가 스탈린 동지의 의견을 한 번 정리해 보겠습니다. 무기와 물자 그리고 공군력 지원이 가능하다. 단 조종사는 중국군 복장을 하고 참여하되 빠른 시일 안에 북한 조종사를 양성하여 대치한다. 좋습니까."

"좋습니다."

"공군의 지원은 7월에 말했던 것처럼 일단 '전투기 1개 사단 124대를 지원한다'도 유용하다. 좋습니까?"

"하로슈이(좋습니다)."

저우언라이는 일단 여기까지 결말을 짓고 급히 귀국하였다. 린뱌오는 처음부터 계획했던 대로 일단 소련에서 신병치료를 하기 위해 남았으며 대(對) 조선전 소련 원조 문제를 확실히 협상하는 책임을 지기로 했다.

2

 한편 북한에서는 하루 사이에 지옥과 천국을 오가고 있었다. 김일성과 박헌영은 스탈린으로부터 절망적인 내용의 전문을 받아들고 얼굴이 새파랗게 질려서 서로 얼굴을 마주 보았다. 이 전문을 받기 직전에 두 사람은 심하게 다투고 있었다. 김일성은 소리소리 질렀다.
 "도대체 당신이 그렇게 호언장담하던 남로당원은 왜 아직도 봉기를 안 하고 있는 거요. 당신 말로는 우리 인민군이 내려가기만 하면 100만 남로당원이 벌떼처럼 들고일어날 것이라고 하지 않았소?"
 "그런 책임전가식의 말만 하지 말아요. 누가 이렇게 상황이 바꾸어질지 알았겠어요. 내 말이 거짓 보고가 아니란 것은 당신도 알지 않소?"

　남로당 총수였던 박헌영은 월북하자마자 김일성에게 남로당원의 거병 조직표를 보여주며 남침만 하면 그들이 일제히 일어나 호응할 것이라고 장담했고 김일성의 남침계획은 박헌영의 보고로 큰 고무를 받았던 것도 사실이다. 김일성은 김일성대로 자기가 밀파한 간첩들로부터 정보를 수집하고 있었고 거의 박헌영의 계획과 일치함을 확인하였다. 미군은 대부분 철수하여 없었고 남한 정부 요소며 각계각층에 남로당원들이 진지를 확보하고 있다고 생각하고 있었다. 남로당원이 호응할 것이라는 말은 모택동이나 스탈린의 호응을 받는데도 절대적인 역할을 하였다.

　그러나 김일성과 박헌영은 한·미 공조의 예비검속을 전혀 고려하지 않고 있었다. 북한의 기미가 이상하자 미국의 발 빠른 대처가 있었다. 미 중앙정보부, 미군 G2 군사정보부, 국군 방첩대, 경찰의 대공부서 등에서 신속하게 용공주의자들의 파일을 공유하면서 남로당원들을 들여다보고 있었다. 전운이 짙어지자 한미 정부 관계자들은 갑자기 남로당원들을 일제히 예비 검속하여 국민보도연맹의 이름으로 묶어 놓았다. 국민보도연맹은 일제강점기 때 친일파들이 운영·관리하였던 사상보국연맹, 대화숙(大和塾), 교외교호보도연맹(校外敎護保導聯盟) 등의 조직과 운영방침 등을 이용하여 조직을 결성하였다. 이 조직은 법률의 근거 없이 오제도 검사의 제안에 따라 내무부, 국방부, 법무부와 사회 지도자들이 협의 후 이승만 정부의 협조와 주도로 이루어졌다. 보도연맹 창설 당시에는 좌익사상 전향자를 계몽 지도해 대한민국 국민으로 받아들이는 것을 조직 목적이라고 밝혔다. 밖으로는 보도연맹이 전향자들로 구성된 '좌익전향자단체'라고 규정했지만, 조직을 주도한 것은 검찰과 경찰 그리고 좌익 조사 수사기관이었다.

보도연맹원에게는 '공민권'이었던 도민증이 지급되지 않았고, 대신 '보도연맹원증'이 지급되었다. 이는 보도연맹원을 법적인 공민의 지위에서 제외시킨 것이었다. 보도연맹원은 '요시찰 대상자'로 분류되었고 정기적으로 동태를 감시당하는 '좌익혐의자' 또는 '요시찰인'으로 취급되었다. 일단 묶은 국민보도연맹원은 약 30만 명에 달하였다. 6·25 사변이 발발하자 정부는 보도연맹원들을 즉시 소집 구금하였고, 전황이 불리해지자 후퇴하면서 이들을 집단 사살하고 만다. 보도연맹원에 대한 검속은 6월 25일 사변 당일부터 한강 이남 전체에서 실시되었다. 한강 이남 전국에서 소집·연행된 사람들은 각 경찰서 유치장이나 인근 창고, 공회당, 연무장 그리고 형무소 등에서 짧게는 며칠, 길게는 3개월 이상 구금 분리되었다. 구금자들은 과거 남로당이나 좌익 활동 등에 대해 집중 취조를 받았고, 정도에 따라 'A·B·C·D'나 '갑·을·병'으로 분류되었다. 심사과정에서는 폭력과 고문이 뒤따랐다. 군경이 인민군에 밀려 급히 후퇴한 충청과 전남·북 일부, 경북 북부지역에서는 구금자들이 연행된 후 심사 등의 절차 없이 곧바로 집단 처형되기도 하였다. 국민보도연맹원에 대한 검거 및 살해는 이승만 정부 최상층부의 결정에 의해 이루어졌다. 대체적으로 보도연맹원의 희생자는 20만 명으로 추정된다. 이 사건으로 인한 피해는 희생자에게만 국한되지 않았다. 이승만 정부 이후 1990년대까지 역대 정부는 보도연맹원으로 사망한 사람의 가족과 친척들을 요시찰 대상으로 분류해 감시했고, 요시찰인 명부 등을 작성해 취업 등에 각종 불이익을 주면서 연좌제를 적용했다. 보도연맹원을 구금 처단한 세력은 과거 일제강점기 때 친일극우파가 주류를 이루었다. 그들은 반일사상과 반미사상을 가진 좌익세력을 반공이라는 더없이 좋은 무기를 휘두름으로써 국가의 이름으로 마음껏 보복하고 자기들의 신분을 확실히 보장받고 있었다. 하지만 인민군의 점령과 국군의 후퇴로 인해 이 조직은 와해되었고 이후 다시 재조직되거나 활동을 재개하지 않았다. 보도연맹은 단체의 해체 과정을 거치지 않은 채 소멸하였고 남로당원은 일망타진되고 말았다.

박철우가 배바우에서 보도연맹원으로 연행된 것은 한천면 경찰서에서 나온 경찰과 화순의 방첩대원에 의해서였다. 낌새가 심상치 않은 것을 안 것은, 가욱제를 거쳐 마을을 벗어나자 화순으로 넘어가는 산비탈에서 자기 손을 묶은 것이 아닌가? 화순의 방첩대라고 끌려간 곳은 화순 변두리의 어느 창고였다. 가까이 가자 창고 안에서 콩 튀듯 총소리가 났고 비명소리가 귀를 찢었다. 창고 안으로 들어서니 널빤지들로 한쪽이 가려져 있고 포박당한 두 명의 보도연맹원이 앉아 있는데, 아뿔싸! 그 앞에서 취조를 하고 있는 방첩대장은 만주에서 독립군 아버지를 끈질기게 쫓던 그 악질 형사 조종술이었다. 보도연맹원 둘은 얼굴을 알 수 있는 한천면 청년들이었다. 그때 급한 일이 있는지 창고 밖에서 누가 손짓을 하였고 조종술과 졸개들이 모두 잠깐 밖으로 나갔다. 순간, 묶여있던 한 명이 언제 포박을 풀었는지 벌떡 일어나 비수로 번개처럼 두 사람의 포박을 잘라줬고 함께 창문을 뛰어넘어 달아났다. 그러나 거의 동시에 방첩대의 추격이 시작됐다. 한 명은 몇십 미터도 못 뛰고 총에 맞아 쓰러졌고 둘은 만연산 물통이 있는 쪽으로 뛰다가 기어코 무등산 줄기를 타는 데까지 성공하였다. 두 사람은 함께 뛰면 불리하다는 것을 알고 갈라서 뛰었고, 뛰면서 보니 포박을 풀어준 그 청년도 총을 맞고 쓰러지는 것이 보였다. 박철우는 무등산 6부 능선쯤을 타고 한없이 뛰었다.

보도연맹 학살사건과 더불어 또 하나의 한국 전쟁사에서 어처구니없는 국민방위군 사건이란 것이 있다. 인천 상륙 작전으로 이북 깊숙이 진격했던 유엔군과 국군은 50년 11월 중국지원군이 참전하게 되므로 패퇴하게 되는데, 조급해진 정부가 12월 15일 국민방위군 설치 법안을 상정하여 다음 날 국회에서 통과하기에 이른다. 국민방위군이란 만 17세 이상 40세 미만의 남성 중 군인이나 경찰, 공무원이 아닌 사람을 제2국민병에 편입하여 예비 전투력을 창설한다는 것이 주요 내용이었다. 불과 몇 개월 만에 50만 명이 넘는 인원을 모으게 된다. 간부는 대체로 서북청년단 소속이 합류한 대한청년단(민족청년단을 해산하고 다시 조직한 통합단체) 간부들로 구성되었다. 그런데 중국지원군의 대공세로 또다시 서울을 빼앗기게 되자 정부는 국민방위군 장병들을 대구, 부산 등 경상도 지방으로 이동할 것을 지시하였다. 국민방위군을 창설할 때 정부는 후방에 51개의 교육대를 설치하고 병력을 그곳에 집결하도록 하였다. 국민방위군의 병력을 50만 명으로 계산하면 1개 교육대 당 1만 명 정도가 할당되게 된다. 그러나 교육대 기간요원들은 병력이 오더라도 그들을 받아들일 능력도 의사도 없었다. 병력이 서울에서 천신만고 끝에 집결지에 도착하면 수용 능력이 없다고 김해로 가라 하고, 김해에서는 진주로 가라 하고, 진주에서는 마산으로 가라 하고 뺑뺑이를 돌렸다. 그러면서 각 교육대 간부들은 이들을 며칠씩 수용한 것으로 서류를 꾸며 예산과 식량을 빼돌렸다. 이런 식으로 빼돌린 예산이 당국의 발표로는 24억 원, 국회 조사단의 주장으로는 50-60억 원에 달했다. 당시 감찰위원회(감사원의 전신)의 1년 예산이 3천만 원 정도였으니 그 부정의 규모를 짐작하고도 남음이 있다. 그 결과, 불과 100여 일 사이에 총도 못 쏴 보고 굶어 죽고, 얼어 죽고, 병들어 죽는 자가 9만 명가량이나 발생하게 된다. 국회는 4월 30일 국민방위군의 해체를 결의하고, 부정에 관련된 간부들을 군사재판에 회부하였다. 국민방위군 사령관 김윤근(국방장관 신성모의 사위)과 부사령관 윤익헌 등 5명에게 사형을 선고하였으며 8월 12일에 총살형이 집행되었다.

10월 13일 스탈린이 김일성에게 보낸 전문의 내용은 기가 막혔다.

"김일성 동지! 당신들의 군대로 미군에 저항한다는 것은 언어도단이오. 지금 중국 동지들과 회의를 하고 있는데 중국에서도 조선 전쟁에 개입하는 것을 거부하고 있소. 이런 상황에서 귀하는 소련과 중국으로 일단 철수하여 상황을 관망할 필요가 있소. 군대를 동북으로 철수하고 망명정부는 통화에 두는 것이 좋겠소. 모든 주요 서류와 병력과 군사 장비를 가지고 나오는 것을 잊지 마시오. 소련에는 부상병과 노약자들을 받아들이겠소."

김일성과 박헌영은 하도 허망하여 허공만 바라보며 사형 직전의 죄수의 심정으로 새파랗게 질려 버렸다. 그러는 사이에 미군의 북진 소식은 계속 부단으로 보고가 들어오고 있었다. 아아! 이를 어찌하면 좋으리. 조선민주주의 인민공화국은 이렇게 끝이 난단 말인가? 이렇게 허망한 일이 있단 말인가?

그런데 얼마가 지났을까 다시 한 장의 전문을 들고 급히 뛰어 들어오는 부관이 있었다. 역시 스탈린의 전문이었다.

"김일성 동지, 축하하오. 방금 상황이 바뀌어서 급히 알리오. 중국군이 조선 전쟁에 참여하기로 결정을 하였소. 이제부터 중국 동지들을 만나 중국군 참전에 관한 구체적인 문제를 상의하기 바라오. 중국군에게 필요한 기본적인 무기는 우리 소련이 맡겠소. 아울러 소련은 공군력의 지원도 하기로 하였소."

김일성은 박헌영의 손을 굳게 잡았고 둘은 누가 먼저랄 것도 없이 자기도 모르는 사이에 "만세!"를 소리높이 외쳤다.

펑더화이는 중국의 조선 출병이 결정 나고 자신이 총사령관으로 결정 난 이후 일단 북경반점으로 돌아왔다. 경호원 샤오꼬(小郭)는 상관의 신변에 중대한 변화가 있음을 감지하면서도 물어볼 수는 없었다. 경호 겸 상황을 파악하려 새벽에 309호실의 문을 열어보았다. 문을 잠그지도 않았는지 그대로 열렸다. 펑더화이는 침대에도 올라가지 않고 입은 채로 바닥에서 자고 있었다. 문소리에 잠이 깼는지 펑더화이는 벌떡 일어난다.

"죄송합니다. 저 때문에 단잠을 깨신 것 같군요."
"아니다. 샤오꼬, 잘 왔다. 내가 몇 자 적어줄 테니 급히 후난(湖南)에 내려가서 내 조카들을 데리고 와라."

그리고 뒤따라 들어온 장 비서에게는 지갑에서 얼마의 지폐를 꺼내 주며 따로 부탁한다.

"장 비서! 너는 조카들이 오면 줄 선물을 준비하라. 먼저 제일 필요한 것이 학용품일 것이다. 그리고 나이가 아직 어리니 과자나 사탕도 준비하고. 나머지는 네가 알아서 하라."

샤오꼬는 당일 저녁에 6명의 조카들을 데리고 호텔로 들어섰다. 이들 조카들이 갑자기 아버지를 잃은 것은 십 년 전의 일이다. 1940년 10월 어느 날, 국민당 군들은 공산당파를 제거하기 위하여 반공사건을 날조하였다. 공산당파가 국민당파를 죽이기 위하여 회의를 하고 음모를 하였다는 것이었다. 펑더화이는 남자 형제만 셋이다. 펑더화이가 맏형이고 그의 둘째가 진화(金華)이고 셋째가 롱화(榮華)였다. 동생 둘이 다 항전 시기에 공산당에 가입한 열성당원이었다. 샹탄현(湘潭縣) 주재의 국민당 군경이 빨갱이 소탕작전이라며 갑자기 집을 포위하고 별 경고도 없이 집중 난사를 하였다. 총을 들고 나와 응사하던 둘째 동생 진화(金華)는 즉사하였고, 다시 집 안으로 뛰어 들어갔던 셋째 동생 롱화(榮華)는 사로잡혀 이쟈만(易家灣) 산골짜기로 끌려가 살해당하였다.

여섯 명의 조카들은 펑더화이에게 모두 아버지를 대하듯이 우르르 달려들어 껴안았다. 펑더화이는 일일이 모두의 머리를 쓰다듬어주며 감개무량해하였다. 큰 질녀 펑강(彭鋼)

이 말하였다.

"아이(阿姨. 이모)가 이 편지를 큰아버지한테 전하라 하셨습니다."

"응? 시우룽이 어떻게 알고."

펑더화이는 먼저 급히 편지를 뜯어 열어보았다.

오빠,

오랜만이네요. 마침 집에 들렀다가 샤오꼬가 들어서서 그 내력을 물어보니 오늘 중으로 조카들을 모두 데리고 북경으로 오라는 전갈이네요. 저는 오빠의 일이라면 아주 예민한 후각을 지니고 있다는 것쯤 잘 알고 계시지요? 보나 마나 중대한 신변의 변화가 있다는 것을 직감하였습니다. 지금은 비록 샹탄에서 취재를 하고 있지만 다시 오빠의 곁으로 돌아가고 싶은 생각으로 머리가 꽉 차 있었습니다. 오빠가 가는 곳이라면 아무리 먼 곳 아무리 험난한 곳이라도 같이 가고 싶습니다. 허락해 주세요. 제 요구를 거절하시지 않는 것이지요? 건승을 빕니다.

천시우룽(陳秀蓉) 드림

"큰아버지는 이제부터 시안이 아니고 북경에서 근무하시는 것입니까?"

펑리쿤(彭力昆)이 사랑스러운 얼굴로 큰아버지를 보면서 말했다.

"아니다. 시안도 아니고 북경도 아니다. 큰아버지가 이제부터 너희들을 볼 시간이 많지 않을 것 같아서 급히 부른 것이다. 너희들이 크면 다 알게 될 것이다. 너희들은 공부를 잘 해야 한다. 큰아버지는 어려서 가정이 너무나 가난하여 공부라고는 2년밖에 하지 못하고 노동으로 돈벌이를 하며 살았다. 지금은 새로운 세상이 되었으니 너희들은 좋은 환경에서 마음껏 공부할 수 있지 않느냐. 열심히 공부해서 국가에 큰 도움이 되는 인물이 되어야 한다. 그리고 어머님께 효도하여야 한다. 알았느냐?"

펑더화이의 말을 듣고 있던 조카들은 모두 숙연해졌다. 그 중에서도 펑메이꾸이(彭梅魁)가 여자 아이답지 않게 가장 씩씩하게 가슴을 펴고 말하였다.

"네, 공부를 열심히 해서 큰아버지처럼 훌륭한 공산당원이 되겠습니다. 다시는 가난한 사람이 차별대우 받는 세상이 오지 않게 만들겠습니다."

"좋다. 그래야지."

펑더화이는 다시 한번 조카들을 껴안는다. 펑메이꾸이는 그때 말한 것처럼 뒤에 신정부에서 인민해방군 소장까지 승진하여 훌륭한 중국인민의 지팡이가 된다.

펑더화이의 조상은 원말에 장시(江西)에서 후난 샹샹(湘鄕)으로 이사 왔었다. 명말청초에 다시 우스(烏石)로 이사 왔고, 펑더화이는 청 광서 24년(1898년) 10월 24일 후난 성 샹탄현(湘潭縣) 우스촌(烏石村)의 초가삼간에서 태어났다.

후난성 샹탄현의 서부에는 큼지막한 산줄기가 위엄 있게 안전에 전개된다. 산봉우리는 두 개로 나누어져 있는데 북쪽에 험준하게 우뚝 솟아있는 봉우리가 소봉(韶峰)이고, 남쪽에 독립된 봉우리가 하나 있는데 그것이 오석봉(烏石峰)이었다. 이 두 개의 산봉우리 밑에 두 개의 산골 마을이 있었다. 하나는 사오산충(韶山衝)이요 또 하나는 우스자이(五石寨)였다. 이 두 개의 산골마을에는 두 명의 세상을 깜짝 놀라게 할 인물이 자라고 있었다. 마오쩌둥이 태어난 사오산충의 충(衝) 자는 산간지대의 비교적 평지에 붙이는 자이고, 펑더화이가 태어난 우스자이의 채(寨) 자는 대개 울타리로 둘러친 더 벽촌 부락에 붙이는 자이다. 마오쩌둥은 그래도 가정이 펑더화이보다는 부유했다. 그는 소년 시절부터 구학(求學)의 길을 걸었다. 그가 즐겨 읽었던 책은 《수호전》《정충전(精忠傳)》《삼국연의》《서유기》《수당연의》등 주로 소설이었으나 그가 가장 좋아하고 평생에 가장 큰 영향을 미

쳤던 소설은 《수호전》이었다. 탐관오리들을 주륙하는 수호전 영웅들은 바로 마오쩌둥이 가장 이상적으로 생각했던 인물상이었다.

펑더화이는 마오쩌둥이 5세 때(1898)에 태어났는데 그의 가정은 아주 가난하였다. 그의 소년 시절은 구학의 길이 아니고 생존의 길이었다. 그가 6세 때에 어머니는 그를 이모부가 개설한 사숙(私塾. 서당)에 보내 공부하게 했으나 이모부에게 보수를 지불하기 위하여 땔나무를 하여 바치곤 하였다. 8살에 모친이 돌아가시고 부친은 병환이셔서 가정형편은 극도로 열악하였다. 다니던 서당도 그만두고 나무를 해서 곡식과 바꾸어 먹지 않으면 안 되었다. 심지어는 할머니가 동생 펑진화와 함께 부잣집에 가서 밥을 얻어오게도 시켰다. 일부에서는 이들을 걸식아동〔招財童子〕이라고도 부르고 거지〔乞丐〕라고도 불렀다. 펑더화이가 즐겨 읽었던 책은 역시 《20년 목도지 괴현상(二十年目睹之怪現象)》《노잔유기(老殘遊記)》《포공안(包公案)》 등 주로 소설이었으며, 기타 《삼자경(三字經)》《백가성(百家姓)》《장농잡자(莊農雜字)》《유학고사경림(幼學故事瓊林)》 등도 읽었다. 그중에서 펑더화이에게 가장 큰 영향력을 미친 것은 《20년 목도지 괴현상》이란 소설이었다. 청말의 부패상을 적나라하게 파헤친이 소설은 중국이 얼마나 나약하고 비굴한 나라인가를 활동사진처럼 생생하게 묘사한 사회고발 소설이었다. 마오쩌둥과 펑더화이는 가정환경은 달랐으나 공통점이 매우 많았다. 첫째 동향인이란 것과, 둘째 반항적인 역사소설에서 가장 큰 영향을 받았다는 것과, 셋째 부정부패와 유산계급에 대하여 끓어오르는 적개심을 가지고 있었다는 것이다.

펑더화이의 원명은 펑더화(彭得華)였고 고향 사람들은 모두 그를 좋은 별명으로 '전야즈(眞伢子)'라고 불렀다. 그는 어려서부터 진(眞) 자를 좋아하고, 행동이 진실되고 거짓말을 한마디도 할 줄 모르며 일을 진실되게만 했기 때문이다. '야즈'는 아이라는 후난(湖南) 방언이기 때문에 전야즈는 '진짜 아이'란 뜻이다. 그의 아버지는 펑더화이에 대하여 항상 말하곤 하였다.

"편두무허화, 진아자모가화(扁豆無虛花, 眞伢子冒〔沒〕假話) : 제비콩은 거짓 꽃이 없고 전야즈는 거짓말이 없다."

그런데도 펑더화이 자신은 스스로에게 '스촨(石穿)'이란 별호를 달았다. 그가 15세 되던 해에 고향을 떠나 둥팅호(洞庭湖) 변의 샹인현(湘陰縣)에서 제방공사를 한 적이 있는데, 거기서 반장이 노동자들의 임금을 착복한 일이 있었다. 어느 날 제방공사의 국장이 현장을 방문하자 제방 노동자들은 국장을 에워싸고 임금 지불을 요구하였다. 이를 거절당하자 반항정신이 강한 펑더화이와 제방 노동자들은 국장을 연못 속으로 집어던져버렸다. 관아에서 알고 주모자인 펑더화이를 잡으려 하자 그는 뒷문을 박차고 밖으로 도망쳤다. 도중에 폭우를 만나 어느 동굴로 피신하였는데 동굴 안에서 '똑똑!' 하는 소리가 울려 퍼져서 자세히 들여다보니 동굴 천정에서 물방울 떨어지는 소리였다. 그곳으로 가까이 가서 보니 물방울 떨어지는 바위가 움푹 패어 있었다. 그는 옛사람의 말이 문득 떠올랐다. 이것이야말로 '성거목단(繩鋸木斷)이요, 수적석천(水滴石穿) (줄 톱이 나무를 자르고, 물방울이 바위를 뚫는다)'이로구나. 그는 생각했다. 사람이 큰 고통을 받더라도 이 물방울처럼 연속 부단으로 투쟁한다면 부패한 낡은 사회도 결국에는 무너질 수밖에 없겠구나. 물방울이 바위를 뚫는 석천(石穿)의 정신을 나의 인생 목표로 해야겠다고 굳게 다짐하였다.

3

펑더화이가 처음 배필로 정했던 사람은 저우루이렌(周瑞蓮)이라는 소녀였다. 그녀는 어려서부터 펑더화이의 외삼촌이 부양하던 부모 없는 착한 여자아이였다. 특별한 예외가 없는 한 그들은 한 쌍의 천생연분의 부부가 될 사이였다. 펑더화이가 가난한 사람의 출로인 종군의 길을 택했을 때 그녀는 한 켤레의 비단 구두를 만들어 펑더화이의 짐 속에 넣어주었다. 짐을 풀어보니 비단 구두 한 켤레가 들어가 있고 비단 구두에는 '동심결(同心結)'이란 세 글자가 새겨져 있었다. 그러나 상군(湘軍. 증국번이 조직하여 태평천국을 진압했던 후난의 향군)에 투신한 지 삼 년 만에 중대장이 되어 근검절

약하여 모은 돈으로 고향에 가서 외종 누이인 저우루이롄과 성혼하려고 하였으나 그의 꿈은 무참히 짓밟히고 말았다. 지주가 외삼촌에게 빚 독촉을 하였으나 갚을 능력이 없자 채무상환 대가로 그녀를 요구했던 것이다. 그녀는 목숨을 걸고 거절하였으나 상황이 만부득이 함을 알고 결국 조석봉(鳥石峰)에 올라가 천애 절벽에서 몸을 던져버리고 말았다. 이 흉보를 들은 이후, 펑더화이는 갑자기 말수가 적어졌고 태산이 무너진 것 같은 고통 속에 유산계급에 대한 바다와 같은 깊은 원한이 쌓이게 되었다.

펑더화이가 24세 때(1922)에 인근 마을의 리우(劉) 씨의 황아장수 딸 '시메이즈(細妹子. 꼬마 여동생이란 뜻)'라는 소녀와 첫 결혼을 하였다. 그때 그녀는 12살도 채 못 되었는데 남에게는 14살이라고 속여서 말하였다. 결혼한 지 얼마 안 되던 어느 날 저녁, 펑더화이는 처에게 진짜 이름이 무엇이냐고 물었다.

"시메이즈가 내 이름인데요?"

"시메이즈는 별명이고 다른 본명이 있을 거 아닌가? 예를 든다면 나를 남들이 '전야즈(眞伢子)'라고 부르지만, 이것은 별명이고 내 본명은 펑더화(彭得華)이듯이 말이네."

"나는 시메이즈 하나뿐이에요. 무슨 또 본명이 다 있데요?"

"됐네. 그럼 내가 이름을 하나 지어 주지. 옛말에 남자는 건(乾. 하늘)이요 여자는 곤(坤. 땅)이라 했으니 자네는 마땅히 여자 중의 모범이 되게나. 그런 의미로 이름을 쿤모(坤模)라고 부르면 어떤가? 리우쿤모(劉坤模)."

"좋아요. 아주 좋네요. 그럼 지금부터 내 이름이 쿤모인거예요?"

"그럼, 그렇게 하기로 하지."

펑더화이는 결혼 후에 처의 전족(纏足)을 풀어주고, 글과 글쓰기 연습을 가르치며, 다시 샹탄(湘潭) 여자 직업학교에 보내서 문화를 습득하게 하였다.

결혼 후 얼마 되지 않아 펑더화이는 친구 황궁뢔(黃公略)의 권고로 고향과 가까운 창사(長沙)에 가서 창사 육군군관 강무당(長沙陸軍軍官講武堂)에 응시하였다. 합격한 후에 고향에 돌아와 자기의 이름을 펑더화이(彭德懷)로 고쳤다고 공포하고 저녁에 처에게 말하였다.

"자네는 내가 왜 이름을 펑더화이로 바꾸었는지 아는가? '군자는 덕을 품고 소인은 흙을 품는다(君子懷德, 小人懷土)'는 말이 있지 않은가. 나는 출세하여 돈을 번다거나 논밭을 사들이는데 급급한 생활은 하고 싶지 않네. 나는 도덕적인 사람이 되고 인민을 위하여 좋은 일을 하는 사람이 되고자

하이. 그래서 이름을 덕을 품는다고 더화이(德懷)라 했으니 자네도 이제부터는 나를 더화이라 불러주게."

창사 육군군관강무당은 1922년 봄에 입학하여 다음 해 23년에 졸업하였다.

1926년 여름에는 광둥의 북벌군이 후난에 진군하자 후난군도 중국국민당 북벌군에 가입하여 국민혁명군 제8군으로 개편되었다. 펑더화이는 8군 제1사(師. 사단) 1단(團. 연대) 1영(營. 대대)의 영장으로서 북벌 전쟁에 참여하였다.

펑더화이가 공산당에 가입한 것은 1928년 4월이었다. 그때 공산당원 펑더화이와 텅다이위안(滕代遠), 황궁뢔 등이 후난 평강에서 혁명적 병사와 농민 2,500명을 이끌고 봉기하여 평강 현성(縣城)을 점령하고 평강현농민정부를 세우고 공농홍군(工農紅軍) 제5군을 창설하였다. 이것이 이른바 평강기의(平江起義. 1928)였다. 군단장은 펑더화이가 맡고 당 대표는 텅다이위안이 맡았다. 펑더화이는 리우쿤모와 함께 평강에 머물다가 그녀를 일단 친정인 샹탄에 돌아가게 하였다. 그런데 혁명이 성공하면 다시 데려가겠다던 약속도 무색하게 이때 이후로 다시는 소식을 들을 수 없었다. 쿤모는 샹탄에 내려오자마자 비적에게 잡혀 이곳저곳을 끌려다니게 되었고 수많은 고초를 겪다가 한커우(漢口)에서 다른 사람의 처가 되어 딸까지 가지게 되었다.

  1937년(펑더화이 39세)에 신문 지상에 펑더화이가 이미 팔로군 부총사령관이 되었다는 기사가 나자 그녀는 한 통의 편지를 보냈다. 펑더화이는 편지를 받고 반갑게 그녀를 옌안으로 불러 일자리를 마련해주기도 하였으나 다시 부부가 될 수는 없었다. 리우쿤모는 후에 산깐닝 은행(陝甘寧銀行)의 한 처장에게 시집을 갔고 산시(山西) 홍군에서는 그녀를 중용하였다. 산깐닝 은행이란 산깐닝(섬서성·감숙성·영하성 3성의 별칭) 변구정부(邊區政府)에서 설립한 것으로 원래는 소비에트 국가은행 서북판사처였다. 옌안시 바오타구(寶塔區)에 있는 중국 최초의 은행이다. 리우쿤모는 중화 인민공화국이 성립한 이후에는 하얼빈에서 일을 하였으며, 80년대에는 하얼빈 정협 위원이 되었다. 그녀는 『펑더화이와 함께했던 나날들』이란 한 권의 저서를 남겨 그때까지도 펑더화이에 대한 깊은 애정을 품고 있음을 숨기지 않았다.

  1937년 77사변(7월 7일 일본이 중·일 전쟁을 도발한 일명 로구교 사건) 이후 주력 홍군은 국민혁명군 제8로군으로 개편하고 펑더화이는 부총지휘관을 맡았다(총사령관은 주더〔朱德〕). 1941년 1월 24일 중국군이 일본군을 완전 소탕함으로써 소위 말하는 백단대전(百團大戰)은 정식으로 끝이 났다. 팔로군은 105개 단(團. 연대) 약 40만 명이 1,824차례의 작전을 벌여 900여 개소를 점령하고, 철로 474km, 도로 1,500개소를 폭파하고, 교량과 터널 약 260개소를 폭파하고, 각종 포 53문, 각종 총기류 5,800여 자루를 노획하는 전과를 이룩한다.

　리우쿤모의 편지를 받던 그 전해(1936년. 38세)에 산베이(陝北)에는 하나의 아름다운 소문이 퍼지고 있었다. 펑더화이가 어떤 묘령의 여인과 밀애를 하고 있다는 이야기였다. 그 묘령의 여인이란 바로 예의 천시우롱(陳秀蓉)이라는 아가씨였다. 그녀는 19세의 아름답고 꿈 많은 여성으로서 외국인 조계지가 밀집된 상해에서 중국 최초의 음악원인 국립음악전과학교를 졸업하고 첫 기자 생활을 시작했던 여성이다. 지혜와 미모를 겸비한 그녀가 졸업과 동시에 취직한 곳은 《대공보(大公報)》였다. 대공보는 1902년에 창간된 중국에서 역사상 수명이 가장 긴 신문이다. 천진판(天津版), 상해판(上海版), 무한판(武漢版), 중경판(重慶版), 계림판(桂林版), 홍콩판(香港版)의 6개 지역 신문이 발행되고 있었다. 그녀는 편한 상해 근무를 마다하고 자진해서 혁명의 기운이 생동치는 전선의 시안 북쪽 윈양진(雲陽鎭)까지 가서 펑더화이를 취재하겠다고 나선 것이었다. 전국적인 공공 매스컴이 홍군

장정의 산베이(陝北)까지 기자를 파견한 것은 대공보가 최초였고 그 첫 특파원이 바로 천시우롱이었다.

  당시 매스컴은 차이허선(蔡和森)과 마오쩌둥이 함께 발기한 《상강평론(湘江評論)》이 있었고, 차이허선이 역시 상해에서 주편한 공산당의 《향도(嚮導)》주보가 있었으며, 《신청년》 잡지, 《홍기보(紅旗報)》, 《중주평론(中州評論)》, 《불효보(拂曉報)》 등이 있었으나 대공보의 위력에는 어느 간행물도 미치지 못했다. 천시우롱이 그처럼 좋아하던 자기 전공 바이올린을 접고 종군기자의 길을 택한 것은 타고난 천성이었다. 그녀는 중국이 다른 세상으로 바뀌고 있는 것이 한없이 즐거웠고 이 위대한 정국을 이끄는 공산당원이 너무나 자랑스러웠다. 중국은 바뀌어야 한다. 청말의 무능한 정권과 국민당 치하의 부패할 대로 부패한 정권하에서는 무엇을 설사 이룬다 하여도 소용이 없다. 중국은 어차피 모두 쓸어내고 영부터 다시 시작하는 것이 가장 빠른 길이다. 그 길이 험난하고 시일이 걸린다 할지라도, 근본적인 치료는 그 길밖에 없다고 생각했다. 그래서 천시우롱은 공산당원 중에서도 가장 존경할만한 사람이 있나 고르던 중 펑더화이라는 지도자를 찾아낸 것이었다.

  "보고합니다. 저는 대공보 기자 천시우롱이라고 합니다.

이번 펑 부사령관과 산베이 홍군을 취재하러 왔습니다."

펑더화이는 갑자기 나타난 천시우롱을 보고 한참 멍하니 바라보았다. 여자로서는 훤칠한 키에 하얀 피부 그리고 모처럼 깨끗한 종군기자복을 입은 한 여인이 앞에 우뚝 서 있었던 것이다. 전에는 한 번도 본 적이 없는 하늘나라에서 온 천사가 나타난 것이 아닌가 의심할 지경이었다. 활달하면서도 어딘지 아직은 수줍음 기를 머금은 그녀의 입술은 갓 익은 앵두 같았으며 코는 날렵했고 눈썹은 검었다. 이목구비가 뚜렷한 잘생긴 여자이면서도 역시 기자답게 눈동자는 영롱하게 빛나고 있었다.

"어서 와요. 반갑습니다. 어떻게 여기까지 오게 되었습니까?"

"상하이에서 근무하다가 제가 자원해서 오게 되었습니다."

"좋은 상하이 근무처를 놔두고 여기를 자원해서 오다니요?"

"전선을 직접 취재하는 기자가 없는 것을 알고 제가 자원했습니다. 제가 좋아서 하는 일입니다."

"잘 이해는 가지 않지만, 하여튼 반가워요. 여기는 살벌한 전쟁터예요. 후회한다면 언제라도 다시 상해로 돌아가도 좋아요."

"그런 일은 없을 것입니다. 저는 제 임무를 다할 것입니다. 위대한 사회주의 국가건설에 저도 일조를 하고 싶습니다. 특히 펑 사령관의 사상과 행동은 저의 중요한 기삿거리입니다."

"내 행동이 무슨 기삿거리가 되겠소만 사회주의 건설에 일조하겠다니 든든합니다."

이렇게 해서 천시우롱은 홍군과 같이 생활하게 되었고 펑더화이와 무슨 일이 있다는 소문까지 나오게 되었다. 저우언라이가 윈양(雲陽)에 왔을 때 그 소식을 듣고 펑더화이에게 농을 건 적이 있다.

"듣자 하니 펑 총에게 좋은 소식이 있는 모양이던데 이실직고하세요. 그런 일이 있다면 우리야 대찬성이지요. 실은 모 주석께서도 펑 총이 홀아비로 있는 것이 무척 마음에 걸린 모양이에요."

"괜한 뜬소문입니다. 제가 지금 그런데 신경 쓰게 됐습니까? 저는 군무에 바쁜 몸입니다."

하고 넘어갔지만 실은 펑더화이도 천시우롱에게 싫지 않은 감정이 역력했으며 하루만 눈에 띄지 않아도 부하들에게 그 행방을 묻곤 하였다. 그래서 아마 소문이 더 퍼진 모양이었다. 그리고 이것은 초창기 일이고 이 일은 그 뒤로도 계속된다. 천시우롱은 홍군의 2만 5천 리 장정(1934년 10월에서

1936년 10월까지 각 소비에트 지역에서 홍군이 국민당 군에게 쫓겨 장시성〔江西省〕 루이진〔瑞金〕에서 출발하여 산시성〔陝西省〕 옌안〔延安〕에 집합한 사건. 380여 차례의 전역(戰役)을 치르며 11개 성을 경과하고 18개의 큰 산과 24개의 큰 강을 건너는 고초를 치름)에도 참여하고 펑더화이가 가는 곳이라면 어디고 따라다녔다.

1947년 3월, '서북왕'이라고 일컫던 시안의 서북초비사령관 후중난(胡宗南)이 국민정부군 25개 사단 20여만 명의 병력으로 중공의 심장부인 옌안을 점령했다. 전차와 항공기 등 최신 미군 장비의 지원을 받으며 압도적 군사력으로 밀고 들어오는 국민정부군의 위력 앞에 마오쩌둥 군은 제대로 싸워보지도 못하고 물러나지 않으면 안 되었다. 장제스(蔣介石) 세력과의 국공내전이 시작된 이래로 최절정에 이르는 순간이었다. 그런 국민당 군을 1년 뒤, 펑더화이의 서북 제1야전군이 공산당의 전통적 유격전만으로 반격을 퍼부어 전세를 완전히 역전시켜 버린다.

후중난은 장제스의 최측근 중의 하나였다. 장제스가 황푸(黃埔) 군관학교(중국국민당 육군군관학교) 교장일 때 제1기생으로 졸업하여 중·일 전쟁에서부터 북벌 전쟁에 이르기까지 수많은 전투에 참가하여 혁혁한 공로를 세웠다. 성격도 강직하고 생활도 청렴결백하여 저우언라이조차도 "장제스 휘하의 수많은 장군들 중에서 가장 뛰어나다."라고 평가할 정도였다. 장제스가 가장 신뢰하는 천청(陳誠), 탕언보(湯恩伯) 장군과 더불어 세 개의 큰 별이었다. 중일전쟁 때는 대한민국 임시정부의 김구 주석도 후중난으로부터 많은 후원을 받고 있었고, 우리 광복군도 모두 후중난 군의 지원하에 존속이 가능하였다.

공산군이 후퇴에서 공격으로 상황이 바뀌고 국민당군이 공세에서 수세에 몰리자 결국에는 시안과 스촨(四川)에 주둔한 후중난의 30만 명과 화중과 화남에 주둔한 바이충시(白崇禧) 군의 60만 명 등, 약 100만 명이 남았을 뿐이었다. 그나마도 상하이에서 신장(新疆)까지 광범위한 지역에 분산되어 있었다. 그에 반해, 공산군은 집단적으로 소수를 집중 공격하는 전법을 썼으며 다수의 포로를 고스란히 자기편으로 편입시키는 데 성공하여 인원은 물경 400만 명으로 늘어나 수적으로도 완전히 국민당 군을 압도하였다. 한번 대세가 기울자 투항한 국민당 군이 속출하여 노획한 소총만도 1,709,000여 정, 각종 화포 37,000여 문, 각종 차량 12,000여 대였고, 그것은 거의 전부가 미국에서 국민당 군에게 지원했던 미제 무기들이었다. 그러던 중 시안에서 마지막 국민당 정예부대인 후중난 군을 펑더화이가 궤멸시킴으로써 누구도 전세를 다시 뒤바꿀 수 없는 상황으로 만들고 만다. 이로써 펑더화이는 중국인민해방군 부총사령, 서북야전군 사령원 겸 정치위원이 되었다. 1949년 10월 1일 신정부 성립 이후는 중앙인민정부 인민혁명군사위원회 부주석을 겸하였다.

국민당군은 드디어 1949년 12월에 본토에서 대만으로 퇴각한다. 끝까지 버티던 후중난도 1950년 3월에 인민해방군이 서창공항(西昌空港. 四川) 가까이 공격해 오자 마지막 남은 6만 군 부대의 지휘권을 참모장에게 맡기고 자신도 황망히 대만행 비행기를 탄다.

천시우룽은 신정부가 성립될 때까지 전선에서 펑더화이와 같이 기자 생활을 하였다. 신정부가 성립하자 처음으로 펑더화이와 헤어져 지방 근무를 하게 되었는데 그것도 펑더화이의 고향 샹탄을 자원했던 것이다.

펑더화이는 불혹의 나이가 되도록 홀몸으로 생활하다가 그때(1938년) 여러 사람의 성화에 못 이겨 북경사대를 졸업한 푸안시우(浦安修)라는 여인과 결혼을 하였으나 성격이 맞지 않아, 바로 다음 해의 루산 회의(廬山會議. 중국공산당 중앙정치국 확대회의) 이후에 금방 헤어지고 말았다.

3

조선의용군의 입북

1

　선양(瀋陽)을 출발하여 단둥(丹東)을 거쳐 의주에 이르는 철로는 다시 경의선과 경부선으로 이어진다. 선양을 막 출발하고 얼마 안 되어 기차 안에서는 팔로군 군복을 입은 조선인 부대가 모두 북한 인민군복으로 갈아입고 있었다. 1949년 7월 20일 1천여 명의 조선의용군은 모두 밝은 표정이다. 총사령 무정(武亭) 장군은 감개무량한 듯 소리 질렀다.
　"동지들! 어서들 갈아입으시라요. 우리는 드디어 꿈에도 그리던 조국으로 돌아가는 것이요. 어서들 갈아입으시라우요."
　"우리는 이제부터 조선인민군이 되는 것입네까?"
　"그렇습니다. 해방된 조국의 자랑스러운 인민해방군이 되는 것입니다."

"이것이 꿈입네까, 생시입네까? 믿기지가 않습네다."

"분명 생시입니다. 우리는 이제부터 중국 군대가 아니고 조선 군대란 말입니다."

무정은 함경북도 경성군이 고향이고 본명은 김무정이다. 소년 시절 서울에서 공부하면서 가난 때문에 허덕이고 학교에서 쫓겨나기도 하던 때에 혁명가 여운형(호 : 몽양)을 만나 일제의 압박과 착취에 반항하여 싸우는 학생운동과 노동운동에 눈을 뜨게 된다. 무정은 그의 강력한 투쟁으로 말미암아 감옥살이를 밥 먹듯이 하였으며 사형이 선고되기도 하였으나 요행이 탈출하여 중국으로 망명하게 된다. 중국혁명지하조직의 알선으로 허난성(河南省) 보정(保定)군관학교 포병과를 졸업하고 북경에서 중국공산당에 가입했던 때의 나이가 겨우 스무 살이었다. 그 뒤로 중국노농홍군에 참가하여 홍군 제3군단 전위서기 펑더화이 수하의 홍군 배장(排長. 소대장)으로 근무하였다.

당시 홍군에는 포를 다룰 줄 아는 사람이 펑더화이와 무정밖에 없었다. 무정은 중국의 '포병지부(砲兵之父)'로 불리며 박격포의 달인으로 존경받고 있었다. 1930년 7월에 무정은 후난성 위에저우(岳州)에 주둔한 장제스 군을 격파하여

야포 4문과 다량의 산포(山砲)를 노획한 적이 있다. 마침 둥팅호(洞庭湖)에 정박해 있던 영국, 미국, 일본의 제국주의 연합함대가 반대편 강기슭에 운집해 있던 홍군을 향하여 무차별 포사격을 퍼부었다. 무정은 즉석에서 노획한 포에 탄환을 장착하여 20여 발을 쏘아 10여 발을 명중시켰다. 적함이 불길에 싸여 검은 연기가 솟아오르며 침몰하는 모습을 보면서 모든 홍군이 환호를 질렀다. 그 후로도 장제스 군이 4차례에 걸쳐 포위 소탕 작전을 벌일 때도 그의 포술로 대승을 거둠으로 무정의 명성은 홍군에 널리 퍼져 나갔다.

중국에 망명한 수많은 조선의 젊은이들은 중국에서 일본 제국주의를 몰아내는 것이나 조선에서 일본 제국주의를 몰아내는 것은 같은 일이라고 여기고 공산당에 입당하여 연합 작전을 펴고 있었다. 장제스 군의 대대적인 토벌 작전이 벌어지자 마오쩌둥 군의 수도인 장시성 루이진(瑞金)에 주둔해 있던 30만 홍군은 1934년 10월에 대대적인 후퇴를 시작하였다. 그들의 이른바 '2만 5천 리 대장정'이었다. 1년 후인 1935년 10월에 산시성 옌안(延安)에 도착하면서 장정이 끝나는데(제2방면군과 제4방면군도 장정을 거쳐 제1방면군과 합류한 것은 그로부터 1년 후인 1936년 10월), 대장정의 마지막 종착역이었던 옌안을 그때부터 사람들은 혁명의 도시로 불렀다. 루이진에서 예안까지의 2만 5천 리 대장정에는 무정과 양림, 윤세주, 진광화를 비롯한 조선의용대의 많은 젊은이가 함께하고 있었다. 양림은 3.1 독립운동 직후에 만주로 망명하여 이시영이 세운 서간도의 신흥무관학교(지린성 리우허현〔柳河縣〕)를 졸업하고 청산리 전투에 참여하였으며 중국의 황포군관학교와 모스크바 보병학교를 졸업한 후 중국 공산당 군사위원회 서기로 일했다. 양림은 대장정 시 시종일관 마오쩌둥의 참모장이란 중책을 수행하고 있었다. 특히 홍군이 진사강(金砂江)을 건널 때는 전위부대를 이끌고 하룻밤에 180리 행군을 달성하여 홍군 최대 위험지구인 진사강을 무사히 통과하여 마오쩌둥이 대장정을 성공시키는데 결정적인 역할을 하였다. 양림은 산베이(陝北)에 도착하여 옌안을 목전에 두고 장제스의 국민당 군과의 가장 치열했던 황허 전투에서 38세의 나이로 장렬한 죽음을 맞이한다. 마오쩌둥은 가장 아끼고 신뢰했던 양림의 사망을 목격하고 너무나 슬퍼 오열하였다.

　조선의용대는 조선의열단에 기반을 두고 있다. 조선의열단장인 약산 김원봉과 석정 윤세주는 같은 밀양 출신으로 어려서부터 죽마고우로 조국의 독립을 위해 최선봉에 선 사람이다. 윤세주는 화북지방의 조선의용대를 이끌면서 장렬한 항일독립전쟁을 전개하고, 김원봉은 상해임시정부 쪽에서 민주진영의 광복군 선봉이 된다. 마오쩌둥과 저우언라이, 덩샤오핑 등 공산당 핵심 지도자들은 조선의용대의 중요성을 너무나 절박하게 알고 있는 사람들이다. 중국인들은 왜 일본인과 싸워야 하는지도 잘 모르는 사람이 많았으며 공산혁명을 교육하는 데도 많은 어려움이 따랐다. 그에 비하여 조선의용대는 오히려 공산당원보다도 이해가 빨랐다. 팔로군에서 일본군을 상대로 선전 첩보활동을 해야 하는데도 중국인 중에는 일본말을 할 줄 아는 자가 거의 한 명도 없었는데 반하여 조선 젊은이는 거의가 중국어와 일본어가 능통했으며 혁명 의지가 뚜렷했다. 조선의용대는 또한 여성 대원도 많았다. 조선의용대가 훈련을 하면 많은 중국인은 여성이 총을 들고 남성과 같이 훈련하는 모습을 신기하게 구경하였다. 조선 여성 대원들은 특히 연극, 영화, 선전유인물, 군중집회 등에 효과적으로 활동하여 적의 사기를 꺾고 중국 민중의 민족의식을 일깨우는 데 큰 공헌을 하고 있었다. 그러기 때문에 뒤에 팔로군참모장 이에젠잉(葉劍英)은 "조선의용대는 '항일투쟁의 꽃'이었으며 중국인에게 항일투쟁과 더불어 민족의식을 눈뜨게 해주었다."고 높이 평가하였다.

　팔로군은 마오쩌둥의 홍군이 국공합작 후에 장제스의 국

민당 군에 편입하여 여덟 번째 로군(路軍)이 된 데서 유래한다. 그때 장정에 가담하지 않고 새로 편성된 군대는 신사군(新四軍)이 된다. 그래서 화북에는 팔로군 화남에는 신사군이 있게 된다. 화북 팔로군 총사령부가 태항산맥(太行山脈) 마톈(麻田)이란 곳에 있었다. 산시성(山西省), 허베이성, 허난성의 세 성이 만나는 지점에 태항산(太行山)이 있었다. 마오쩌둥이 주둔했던 옌안은 전투가 미치지 않았는데, 마톈은 화북 전선의 실제 작전참모본부였고 그곳에 조선의용대의 화북본부가 같이 있었던 것이다. 여기에 팔로군 부총사령관 펑더화이, 부참모장 주오촨(左權), 제1, 2군단 정위(精衛. 정무위원) 덩샤오핑이 있었다. 1942년 5월 25일 일본군 화북방면군 총사령관 오카무라 야스지(岡村寧次)는 마톈을 향하여 총공세를 퍼부었다. 최신 무기로 무장한 3만 5천 명의 일본 정규군이 전투기 6대의 폭격 엄호를 받으며 팔로군을 몰살시키려는 참빗 작전을 감행했다. 팔로군은 첫 번째 공격은 버텼지만 두 번째의 공격은 버티지 못하고 퇴각하지 않으면 안 되었다. 그러나 퇴로가 봉쇄되었고 탈주를 성공시킬 확률은 거의 없었다.

이때 퇴로를 확보하는 자살행위를 자처하는 부대가 있었으니 바로 평양의 진광화와 밀양의 윤세주가 지휘하는 조선의용대 30여 명이었다. 마텐에서 150리 떨어진 십자령을 넘으면 허베이성 서북쪽으로 무사히 퇴각할 수 있다. 그러나 십자령은 분지였고 그 고지를 점령하고 있는 일본군의 엄청난 사격과 공습이 이어졌다. 조선의용대는 오직 소총과 수류탄만 가지고 결사의 공격을 퍼부으며 포위망을 뚫는 데 성공하여 팔로군이 무사히 산 정상을 넘어 퇴각할 수 있게 길을 텄다. 펑더화이와 덩샤오핑은 아마 조선의용대의 도움이 없었더라면 이곳 십자령에서 불귀의 혼이 되었을 것이다. 그 대신 진광화와 윤세주는 이번 싸움에서 온몸이 만신창이가 되어 생사를 넘나들고 있었다. 팔로군은 두 영웅의 시체나마 일본군에게 뺏기지 않으려고 사력을 다하여 구출하여 들것에 메고 와서 십자령에서 멀지 않은 흑룡동이란 곳으로 옮겼으나 끝내 숨을 거두고 만다. 그런 역사가 있었기 때문에 1949년 10월 1일 마오쩌둥은 천안문 누상에 올라 중화인민공화국 수립을 선포하면서 "중화인민공화국의 찬란한 오성홍기 위에는 조선혁명열사의 붉은 피가 물들어 있다(中華人民共和國燦爛的五星紅旗上, 染有朝鮮革命烈士的鮮血)."라고 감격에 찬 찬사를 아끼지 않는다.

무정이 최초로 해방군을 이끌고 들어온 이후, 뒤를 이어서 김창덕 휘하의 제164사단 병력과 방호산 휘하의 166사단의 조선부대가 신의주 회령 등을 거쳐 입국하여 인민군의 새로운 사단으로 편성되었다. 인민군 정치부 주임 김일은 선양에서 가오강(高岡)을 만나고 다시 북경에서 저우언라이, 주더와 4차례나 만나고, 마오쩌둥과도 1차례 만나서 조선족 해방군의 귀환협조를 요청한다. 인민군 작전부장 김광협도 중국에 가서 린뱌오 휘하의 1만 6천 명의 조선인 해방군을 보내주기로 약속을 받는다.

지금 조선의용군이 입북하는 선양, 단둥, 의주를 잇는 이 길은 수나라, 당나라, 몽골, 금나라, 청나라가 쳐들어올 때도 이 길을 탔으며 우리의 긴 조공사절이 또한 이 길을 따라 중국으로 갔었다. 알고 보면 조선은 중국에 대하여 변함없는 짝사랑을 해 온 민족이다. 중국이 천조(天朝)의 나라라는 것도 오직 중국과 조선에서만 통하는 말이었다. 중국이 정해 놓은 1년 4공(貢)이라는 조공을 지키는 나라는 지구상에서 오직 조선밖에 없었다. 중국이 스스로 자기의 속국이라고 일컬었던 유구(오키나와), 안남(베트남), 남장(南掌. 라오스), 섬라(暹羅. 샴), 면전(緬甸. 미얀마), 오이라트, 하미, 수루(蘇祿), 우리안하트, 구르카(Gurkha. 네팔), 카자크 같은 나라도 1년 4공을 지키는 나라는 없었다. 유구, 안남이 겨우 2년 1공이며, 샴은 3

년 1공, 카자크는 4년 1공, 수루, 구루카는 5년 1공을 하였으며, 남장, 면전 같은 나라는 겨우 10년 1공을 하였다. 그리고 그 나라들은 조공이란 용어 자체가 없는 것이고 오직 중국이 스스로 정해놓은 자기의 명단에 기재된 명칭일 뿐이었다. 그러나 조선만은 명실상부한 번속이요 1년 4공을 틀림없이 지킬 뿐만 아니라 중간에도 사은사(謝恩使), 주청사(奏請使), 진하사(進賀使), 진위사(陳慰使), 진향사(進香使) 등의 이름을 만들어서 다다익선으로 솔선수범하여 중국을 왕복하였다. 황태자의 탄신일이다, 공주의 생신이다, 황후의 환갑이다, 또는 옹주마마의 쾌차를 축하하기 위하여 중간에도 번질나게 드나들고, 왕이 등극하면 허가를 받으러 오고 왕후를 책봉해도 허락을 받으러 왔다. 오죽했으면 '동방예의지국'이라는 영광 아닌 영광의 칭호까지 붙여 주었을까?

  일본만 해도 자기들이 세계의 중심이라 하고 자기의 왕을 '천황'이라 하여 중국의 황제보다 한 등급 위로 놓았다. 쇼토쿠 태자(聖德太子(스이코〔推古〕 천황의 섭정)) 때 수양제에게 보낸 국서를 보면 "해 뜨는 나라의 천자가 해지는 나라의 천자에게 이르노라. 그대는 무고한가?(日出處天子致書日沒處天子無恙)"하고 동생으로 하대하고 있는 것이다. 일본은 역대로 현대에 이르기까지 중국을 동생 취급하고 있다. 그 말은 맞는 말이다. 지구는 둥글기 때문에 어느 나라나 다 자기가 세계의 중심인 것이다. 백제 때만 해도 우리도 지구의 중심국가로 자처하며 중국을 쥐락펴락하고 왕위 계승권까지 간섭하며 하대하였다. 통일신라 시기 이후부터 우리는 중국을 중심의 나라(중국)라 하고 조선은 변두리의 나라(동국)라고 스스로 자기비하를 시작한다.

  조선조는 국시를 아예 노골적으로 '사대'로 정하고 말았으니 그런 나라는 지구상에 조선이 유일했다. 이성계가 부도덕하게 정권을 가로채 왕이 된 이후로 당신네 대국을 치라는 왕을 내쫓고 제가 왕이 되었습니다. 누구나 감히 대국을 거스른 자는 제가 책임지고 다 해치우겠습니다. 세세무궁토록 대국으로 받들고 조공을 바치겠나이다를 다짐하고 또 다짐하였다. 그리고 우리가 중국보다 더 긴 역사, 더 찬란한 역사를 가지고 있다는 사실을 대국이 알면 크게 노할 것을 두려워하여 삼국 이전의 역사는 모조리 스스로 잘라내 버렸다. 삼국 이전의 환국, 배달, 고조선, 북부여의 7천 년 역사를 모조리 잘라 버리고, 그런 역사 사료는 '수거령'을 내려 모조리 불온서적으로 거둬들여 왕궁에서 직접 소각하고 민간에서 감추고 있는 자는 기어코 찾아내어 참형(斬刑)에 처했다. 국사 사료가 인멸된 것은 중국과 일본이 한 것뿐만이 아니라 우리 스스로 한 짓이 더 원통한 일이었다.

"살다 보니 이런 날도 있구먼. 얼마나 기대하고 기대했던 날인가 말이다. 지금까지 우리는 남의 나라 군대로서 북벌 전쟁, 항일 전쟁, 국공 내전을 거치며 숱한 고비를 넘었지만 바로 이날을 위하여 살아온 것이지비. 우리 조국을 위하여 일할 수 있다니 죽어도 여한이 없구먼."

"김준한 동지! 우리 조국에 돌아가서도 친하게 지내자우. 중국을 위해서도 목숨을 걸었는데 조국을 위해서라면 무슨 일을 못 하겠어."

"최재걸 동지! 우리 나이도 비슷하니 형제처럼 지내자우."

"그러자우요."

한국전쟁을 1년 앞두고 김일성의 요청에 의하여 마오쩌둥은 팔로군 중 한인들을 조선의용군으로 조직하여 입북시키고 있었다. 김준한과 최재걸이 입국하는 이 부대는 무정 다음의 팔로군 제4야전군 휘하의 제55군단 164사단이다. 이들은 만주지역에 주둔해 있는 한인들로만 구성된 10,821명의 단일부대였는데 조선인민군 제5사단으로 개편된다. 같은 날 같이 출발하는 다른 부대는 역시 제4야전군 휘하 제55군단 166사단으로서 대만으로 도망간 장제스 국민당 군을 쫓아 대만해협까지 진출한 역전의 한중 혼성부대였다. 원래는 제166사단 중 1개 연대만 한인이었으나 조선군의용군으로 개편되는 과정에서 중국인을 한인으로 교체하였고 뒤에 조선인민군 제6사단으로 개편되는 10,320명의 사단이다.

다시 50년에 입북한 1개 사단과 1개 연대 병력까지 합치면 이때 중국에서 넘어온 조선인 해방군은 4만 2천여 명이었다. 김일성은 다시 작전부장 김광협을 중국에 보내 조선 국적 해방군을 추가로 보내줄 것을 요구했다. 또한 최용건이 소련 고문관과 하얼빈에서 비밀리에 협상하여 동북군구 부사령관 저우바오중(周保中)과 리리산(李立三)이 중국에 흩어져 있던 1만여 명을 모아 전우(全宇)의 인솔하에 원산 쪽으로 들여보냈다. 이 밖에 전쟁 발발 직전에도 계속하여 화물차에 은폐하여 많은 조선군 출신이 입북하여 총 8만여 명의 조선족 해방군이 이북 군대의 주력을 이루게 된다. 50년 3월에 김일성은 비밀리에 소련을 방문(김일성은 49년 6월에도 스탈린을 만난 적 있음)했을 때 평북 운산 금은광에서 산출된 황금 9톤, 은 40톤, 기타 광석 1만 5천 톤으로 3개 사단이 무장할 수 있는 중장비를 구입한다.

1950년 4월에는 팔로군 제156사단을 중심으로 제139, 140, 141사단의 한인들을 모아 1만 4천 명 병력을 입국시켜 조선인민군 제7사단으로 만든다(후에 제12사단으로 명칭 변경). 그 외 중국인민해방군의 부대 단위가 아닌 개인적으로 각 군에 소속되어 있던 한인을 모아 1개 연대를 만들어 입북시키는데 이들은 후에 오토바이 연대가 된다.

전쟁준비를 끝낸 이북 군대는 보병 8개 사단과 아직 다 충원되지 않은 2개 사단을 합해 13만 5천 명이 되었고, 뒤에 독립전투단 2개와 장갑부대 2개, 탱크 150량, 화포 600문, 전투기 196대와 5개 경비여단, 국내치안부대 등을 합하여 모두 18만 3천 명으로 집계되었다. 거기에 각 사단에 15명 정도 배속된 소련 군사고문단 등 기타 약 3천 명이 더해졌다.

김일성(본명 김성주)은, 1912년 4월 15일생이다. 6·25 사변이 일어나던 해(1950)에 38세의 나이였다. 평양부 고순화면(古順和面) 남동 칠곡에서 아버지 김형직과 어머니 강반석의 삼 형제 중 맏아들로 태어났다. 강반석은 독실한 기독교 신자였고 외할아버지 강돈욱은 칠곡교회 장로였다. 김일성의 가계는 전주 김 씨로서 12대조 김계상이 전주에서 평양으로 이주했으며 농업에 종사하였다.

김형직은 할아버지 이래로 지주 이평택의 집안의 묘지기였고 숭실중학을 졸업하고 일제에 항거하여 무장투쟁도 벌인 적이 있다. 김형직은 조선국민회 사건으로 투옥되었다가 출소하여 만주의 지린성(吉林省) 푸쑹현(撫松縣)으로 이사했다.

김일성은 8살의 나이로 아버지를 따라 만주로 건너가 창바이현(長白縣) 바다오거우(八道溝)에서 바다오거우 소학교를 다녔다. 김형직은 그 뒤로 자식의 장래를 생각하여 김일성 혼자 평양으로 돌아가서 생활하게 하였다. 김일성이 14살 때 아버지의 병세 때문에 다시 만주로 건너가 푸쑹 소학교를 졸업하고 위원(毓文) 중학교를 다녔다. 1929년 가을에 항일공산주의 활동을 하다가 중국군벌에 체포되어 수개월간 옥살이를 했고, 수감 중에 위원 중학교에서 퇴학당하였다. 그는 다시 지린 제5중학교에 입학하였으나 조선혁명군 사건으로 중국 공안에 체포되어 지린 감옥에서 복역하고 1930년 초에 출옥하였다. 출옥하여 국민부 산하의 청년조직에 가입하여 일할 무렵에 이름을 김일성으로 개명한다. 이어서 조선공산청년회에 가담하여 주요 인물로 활동하며 화성의숙을 졸업하고 만주에서 활동하는 항일무장투쟁에 참여한다.

1937년 6월 4일의 국내 진입작전인 보천보 습격에서는 일본인 7명을 사살하고 7명에 중상을 입히는 성과를 올린다. 다음 날 벌어진 일본군 30명의 경찰추격대와의 전투에서는 동북항일연군 25명이 사망하고 30명이 부상을 당하며 일본 추격대는 7명이 사망 14명이 부상을 당한다. 이때부터 김일성의 이름은 자주 신문에 오르고 가장 위험인물로 지목받게 된다. 그때 동북항일연군 정치위원장이었던 웨이정민(魏拯民)의 현상금이 3천 엔이었는데 반하여 김일성의 현상금은 1만 엔으로 올랐다는 데서도 그 무게를 알 수 있다.

김일성은 일제의 가혹한 토벌이 계속되는 1938년 12월에는 부대 편제의 개편에 의하여 항일연군 제1로군 제2방면군 군단장에 임명되었다. 그런데 1939년 말부터 시작되는 일본군의 본격적인 항일 빨치산 대토벌전이 이어지면서 항일연군은 패퇴 일로에 이르고 조직마저 큰 타격을 입게 되었다. 더구나 일본 토벌대는 항일연군 중에서도 김일성부대에 대하여 집요한 추격을 하게 되자, 김일성은 하는 수 없이 부대를 이끌고 북만주를 거쳐 국경을 넘어 1940년 초에 소비에트 연방으로 피신하게 된다.

1940년에 하바롭스크의 소련군에 입대하여 소련군 특무공작요원으로 훈련을 받고 소련군 장교로 임관된다. 그 뒤로 소련군 대위로 소비에트 연방 극동군 제88국제여단에 배속되어 5년 동안 근무하며 소련식 군사교육과 훈련을 받는다. 1945년 8월 초순, 독일이 패망하고 일본도 패색이 짙어 오자 동북항일연군의 후신으로 동북항일연군교도려(東北抗日聯軍矯導旅)가 결성되는데 김일성은 이 부대의 제1영 영장(營

長. 대대장)이 되었다. 동북항일연군은 33년에 양징위(楊靖宇)에 의해 창립되었고 이들이 일제의 토벌 작전에 쫓겨 소련 영내에서 조직한 것이 동북항일연군교도려(전체 약 590명. 이 중 조선인 190여 명, 여성 대원 60여 명)이고 여단장은 저우바오중(周保中)이 맡고, 참모장은 소련군 사마르첸코가 맡고 부참모장을 최용건이 맡았다.

동북항일연군교도려 내에 있던 조선인은 최용건을 단장으로 조선공작단을 결성하고 조국의 해방과 새로운 국가건설을 준비하였다. 거기서 김일성은 조선공작단 정치군사 책임을 맡았다. 조선공작단원 가운데 일부는 1945년 8월 9일에 소련군의 대일참전이 시작되자 동북항일연군교도려 소속으로 소련군과 함께 소위 국내진공작전에 참여했고, 김일성, 최용건, 김책 등 지도급 항일유격대원들은 9월 19일에 원산항을 통하여 조국에 돌아왔고, 22일에 평양에 도착했다.

김일성이 귀국할 때 계급은 소련군 육군 대위 그대로였다. 평양에서는 김영환이라는 가명으로 정치공작을 벌였으며 이어서 소련군 소령으로 진급한다. 소련 군정이 시작되면서 45년 10월 14일에 7만여 명이 모여 평양에서 '조선해방축하집회'가 열렸고 여기서 김일성은 처음으로 스티코프(슈띠꼬브) 사령관과 건국준비위원회 평안남도 지부장 조만식의 소개로 김일성 장군으로 소개되었다.

　45년 10월 8-9일에 38도선 개성에서 김일성은 박헌영과 조선공산당 조직에 대하여 협의하였다. 김일성이 38도선 이북에도 당 본부를 설치하자는 주장에 대하여 박헌영은 당 중앙은 한 곳이어야 한다는 이유로 거절하였다. 박헌영이 끝내 그의 주장에 동의해 주지 않자 하는 수 없이 조선공산당 북조선분국의 형식으로 당을 조직하게 된다. 김일성은 46년 3월에 이를 북조선공산당으로 개칭하고 이어서 당수에 취임하였다. 조선공산당 북조선분국은 서울의 조선공산당에 보고를 해야 하는 처지였으나 북조선공산당으로 개칭하면서는 남조선로동당과 당 대 당의 관계가 된 것이다.

　스탈린은 원래 조만식을 북조선의 실권자로 만들려 하였다. 그런데 조만식은 조선의 주요 인물로서 지명도는 높았으나 너무나 적극적인 민족주의자였다. 조선의 간디라는 조만식은 스탈린과 소련군정장관 치스티아코프가 소련에 협조만 해준다면 주석 자리를 주겠다고 했으나 끝까지 신탁통치를 반대했다. 그는 각지를 돌아다니며 "우리는 왜 조선인이 자신의 나라를 지배할 수 없단 말인가. 외국인은 조선에서 물러나야 한다."고 외치며 소련의 조선 정책을 계속 반대하였다. 스탈린의 심기는 심히 불편하였고 그 뒤로 조만식은

행방불명이 되어버리고 만다.

  스탈린은 또 박헌영을 심중에 두고 있었다. 그러나 박헌영은 최고의 지식인이고 사상가이지만 역시 스탈린의 말을 고분고분 들을 사람이 아니었다. 박헌영은 3·1 독립운동이 일어나던 해에 경성고등보통학교(경기고 전신)를 졸업했다. 1921년에 상하이로 건너가 이루크츠크 파 고려공산당에 입당하고 고려공산청년동맹 책임 비서가 되었다. 22년에 국내 공산당 조직을 위해 국내 침투를 했다가 일제에 체포되어 1년 6개월간 복역하고 24년에 출옥하여 조선일보, 동아일보의 기자 생활을 하였다. 25년 조선공산당 창당대회를 열어 공산당을 조직했고 동시에 고려공산청년회를 결성하여 책임 비서를 맡아 활동하다가 일제에 의해 구속되었다. 27년의 재판에서는 당의 조직과 당원의 명단을 대라는 혹독한 고문과 횡포를 당하면서도 광인 노릇을 하고 인분을 먹고 소리를 지르는 등의 행동으로 정신이상자 행동을 하였다. 병보석으로 출소한 이후 28년에 소련으로 탈출한다. 29년에 국제레닌대학교에 입학했고 소련공산당에 입당하여 당원이 되었다. 국제레닌대학교를 졸업한 박헌영은 다시 모스크바 공산대학이라 불렸던 동방근로자대학 2년 과정을 졸업한다. 1945년 해방 정국에서는 조선공산당을 재건한 뒤 건국준비위원, 민주주의 민족전선 등에서 활동하다가 미 군정의 탄압을 피해 48년에 월북하였으며 동 4월에 열린 남북협상에 참여하였으나 다시 남한으로 내려오지는 않았다.

  스탈린은 조만식 박헌영 이외에 또 최용건 같은 유능한 젊은 군인도 마음에 두고 있었는데 왜 하필이면 김일성을 택했을까. 그때 사실 마오쩌둥 같은 중국의 지도자들도 김일성의 존재에 대해서는 거의 모르고 있었다. 마오쩌둥은 최용건이나 무정과 같은 소위 옌안파들이 북조선의 지도자가 되는 것이 바람직하다고 생각하고 있었다. 그런데도 결국 북한의 지도자로 김일성이 선택된 것은 무엇보다도 소련의 말을 가장 잘 들을 인물이라는 것이었다. 또 김일성이 어리고(당시 33세) 지식인이 아니란 점이 역설적으로 김일성에게 유리한 조건이었다. 스탈린의 입장에서 더 환영할 만한 조건은 김일성이 소련에서 군사훈련을 받았으며 마오의 색깔에 물들지 않았다는 것이었다. 그런 조건은 실은 남한도 마찬가지였다. 미국은 남한의 그 많은 지도자 여운형, 김구, 이시영, 김규식 등을 모두 체키고 이승만을 택하게 된 원인은 그가 철저히 미국교육을 받은 자이고 미국의 말을 가장 잘 들을 것이라는 것이었다. 이승만을 제외한 다른 누구도 미국의 말을 다소곳이 들을 호락호락한 인물은 없었다.

2

　1948년으로 접어들어 남북 양쪽에서는 단독정부가 들어설 준비가 진행되면서 분단은 거의 기정사실화 되어가고 있었다. 그런데 미국은 아예 한국에 대하여 무식했다. 38선 이남의 일본군의 항복을 받으러 온 미 군정사령관 존 R. 하지 중장은 북쪽의 소련군보다 늦은 45년 9월 8일에야 인천에 도착하여 다음 날(9. 9) 오후 4시 정각에 조선총독 아베 노부유키(阿部信行)로부터 항복선언서를 받는다.

　아베는 일본 이시카와현(石川縣)에서 사무라이의 아들로 태어났고, 1923년 관동대지진 때는 조선인 학살의 계엄사령부 참모장이었다는 악연이 있다. 33년에 육군대장으로 승진하였고 대만군 사령관이 되었다. 36년에 예편하고, 44년에 내각 수상이 되었다가 사임한 직후 일본육군이 세운 중국의 왕징웨이(汪精衛) 괴뢰정권의 특명전권대사로 파견되었다가 고이소 구니아키(小磯國昭)의 후임으로 9대 조선 총독이 된다. 조선총독은 일본 내각의 지배를 전혀 받지 않고 위로 천황만이 있는 천황 직할이었다. 44년은 일본이 단말마적 발악을 하고 있을 때이기 때문에 그는 취임하자마자 전쟁물자를 조달하기 위하여 갖은 방법으로 인력과 물자를 착취하여 일본으로 운송하였다. 그는 징병이며 징용 또는 근로보국대의 기피자를 마구잡이로 수색하였으며 여자 정신대(挺身隊) 근무령을 공포하여 만 12세에서 40세 미만의 여성에게 정신대근무령을 발급하고 불응하는 자는 국가총동원법에 의해 체포 구금하였다. 말은 12세에서 40세까지의 여성이라고 하지만 실제로는 대부분 15세에서 20세까지의 꽃다운 소녀들 20여만 명을 잡아다 일본군 성노예의 위안부로 삼았다. 심지어는 노상에 걸어가는 소녀를 강제로 잡아다가 추업중인(醜業中人)에게 매도하기도 하였다. 한국 소녀들은 저 멀리 사이판, 인도네시아, 필리핀, 중국, 대만 등 일본군이 있는 곳이라면 어디나 끌려가 성노예가 되지 않으면 안 되었다.

    45년 8월 15일 일본이 항복선언을 하고 조선에서는 발 빠른 소련군에 의해 일본군과 청진시 전투가 벌어졌다. 조선총독부는 자신들의 생명과 재산을 보호해줄 대상을 찾다가 여운형을 지목하고 여운형의 조선건국준비위원회를 인정한다. 8월 16일에 소련군은 청진을 점령하고 21일에는 평양에 진주한다. 9월 6일에 여운형 등은 조선인민공화국 수립을 선언하지만, 다음 날 미군 극동군사령부는 조선의 군정을 선언하고 독립을 인정하지 않는다.

45년 9월 8일, 조선총독 아베 노부유키가 경무대에서 무거운 아침 식사를 마치자 조쮸(女中. 하녀) 아카네가 오쨔(お茶)를 받쳐 들고 들어온다. 오늘은 찻잔을 놓는 아카네의 손이 파르르 떨리고 있다. 아베가 아카네를 보니 어깨를 들썩이고 울고 있다.

"아카네, 무슨 할 말이 있느냐?"

"나리! 저희들은 어떻게 되는 거예요?"

"염려하지 마라. 너는 내가 끝까지 책임을 지겠다."

"저는 나리만 평생 따라다니겠어요. 저를 버리지 말아 주세요."

아카네는 자기가 할 수 있는 최대의 용기를 내서 입을 연 것이다. 아카네는 일본에서부터 데리고 온 18세의 깜찍하게 귀여운 시골아이다. 자기 마누라가 일본에 다니러 갔을 때는 말할 나위도 없지만, 마누라가 있을 때도 여러 번 경무대에서 몰래 성 노리개로 삼았던 아이이다. 원래 일본에서 아카네의 어미 사쓰키가 아베의 정부였다. 관동대지진 때 관동계 엄참모장 동경 사택에서 조쮸로 있던 사쓰키를 정부로 삼아 재미를 보아 왔었다. 그 후 사쓰키는 일본의 어느 성실한 노동자와 결혼하였는데 불륜관계는 그때에도 가끔 지속되고 있었다. 아베가 44년 7월에 조선총독으로 부임한다는 말을 듣고, 그때는 과부가 된 사쓰키가 찾아와 자기 딸 아카네를 조선으로 데리고 가달라고 부탁했던 것이다.

아카네가 웅크리고 서 있는데 웅성웅성한 문 쪽을 보니 집사 핫토리를 위시하여 관저 요리사, 청소부, 세탁부, 정원사 등 관저의 인원들이 거의 다 모여 있다. 그 안에는 자기의 아내까지 키모노를 입고 섞여 있고 모두 고개를 떨어뜨리고 있는 중에 여러 명이 어깨가 들썩이며 흐느끼는 소리를 내고 있었다.

이곳 경무대(이승만 때는 그대로 명칭 사용, 윤보선 때 청와대로 개칭)는 악명 높은 총독관저이다. 총독관저는 용산의 일본군기지 안에 황궁처럼 지어놓은 호화관저가 따로 있으나 그곳은 총독부와 거리가 있기 때문에 주로 연회나 주요 모임 때만 사용하고 총독부와 지척에 있는 경무대를 관저로 쓰고 있었다.

처음에는 남산의 일본공사관이 통감부청사로 사용되다가 한일합방 이후는 조선총독관저로 사용했었다. 경무대를 지어 총독관저로 사용되면서는 남산의 왜성대 총독관저는 40년부터 역대 통감과 총독의 초상화를 걸고 그와 관련한 유물을 전시하는 소위 시정기념관(施政記念館)으로 개편되며 한·일 합방조약을 조인했던 합방조인실을 특별히 설치 기념하였다.

39년에 완성된 경무대 총독관저는 경복궁 후원에 있던 많은 건물을 헐어내고 지은 것으로 관저의 명칭은 헐린 건물 중 하나인 경무대를 그대로 사용하였다. 원래 대원군이 경복궁을 중건하면서 경복궁 뒤편 언덕 위의 평지를 '무예를 관람하는 돈대'라는 의미로 경무대라 불렀다. 경무대 위에는 용무당과 용문당 등의 건물을 짓고 친경전(親耕田. 임금이 친히 경작하는 전답)도 마련했다. 문무가 융성하고 생업이 발달하기를 축원하는 의미였다. 그 때문에 이곳에서 과거시험도 자주 치러졌다. 39년 기존의 남산 총독관저를 시정기념관으로 바꾼 7대 총독 미나미 지로(南次郎) 때부터 경무대를 본격적으로 총독관저로 사용했다. 나중에 미군 주둔 이후는 미군정장관 하지의 관저로 사용한다.

9월 8일, 아베가 항복문서에 서명하기 하루 전, 아침 일찍 총독 아베는 경무대에 웅성이고 있는 이들에게 무슨 말을 해줘야 할지 모르고 있는데 집사 핫토리가 대표하여 입을 연다.

"저희들은 이제 어떻게 되는 것입니까."

"본국으로 돌아가게 될 것이다."

"조선인들의 보복이 있지 않겠습니까? 벌써 보복을 당했다는 소문이 파다합니다."

"아마 헛소문일 것이다. 조선인은 그럴 용기가 없다. 조선인은 황국의 위엄에 잔뜩 겁을 먹고 있기 때문에 일본군을 보기만 해도 오금이 저리게 되어 있다."

"각하! 저~, 이런 말씀을 드려도 될지 모르겠습니다만 미군은 우리의 적입니까 아군입니까?" 관저 요리사 다케다가 용기를 내서 돌직구로 물어본다.

"표면적으로는 우리의 적이다. 그러나 결국 우리의 아군이 될 것이다. 우리는 전쟁에 패하였지만, 조선에 패한 것이 아니고 미국에 패하였다. 일본이 하던 모든 행정을 미국이 그대로 인계 맡아서 할 것이다. 미국이 내일부터 먼저 해야 할 일은 우리 일본인을 안전하게 귀국시키는 일이다. 아무런 걱정하지 마라."

이때 관저 호위무관이 들어오므로 출근을 해야 할 시간이라는 것을 알리고 있었다. 아베가 걸어 나가자 비켜선 무리 속에서는 이제 울음소리마저 들린다.

아베의 차가 총독부에 도착하자 비서실장 야마나 미키오(山名酒喜男)가 긴장된 자세로 거수경례를 붙이고 차 문을 연다. 아베가 나오자 입구에 총독부 간부들이 도열하여 있다. 아베는 가볍게 눈인사를 하고 총독부 건물을 다시 한번 샅샅이 훑어보았다. 그리고는 시선을 돌려 담장이며 바닥의 풀포기까지 눈을 주고 먼 하늘을 보았다. 조선총독부 건물은 일본인이 가장 좋아하는 풍수지리 음양 논리에 의하여 조선의 혈을 눌러 정기를 끊는데 주안점을 두었다. 조선인의 정신적 중심이 되는 경복궁의 정문인 광화문과 흥례문(광화문과 근정전 사이의 문)을 제거하고 그 위에 건립한 것이다. 광화문은 경복궁의 동쪽으로 이전시키고 높고 거대한 총독부가 가려서 경복궁의 정전인 근정전은 보이지도 않았다. 이미 몰락하고 시들어진 대한제국의 황실을 다시 한번 모욕 주고 있었다. 총독부 건물은 동양 최대 규모로서 식민지 조선을 지배하는 일본의 우월성을 과시하기 위하여 지은 것이다. 미신을 좋아하는 일본인답게 총독부는 위에서 볼 때 한일 자(日)가 뚜렷이 그려지게 함으로써 이는 일본이 지배하는 지역이라는 것을 만방에 선포한 것이었다. 르네상스 양식에 바로크 양식을 절충한 네오르네상스 양식으로, 갓 쓰고 짚신 신고 다니는 조선인은 총독부의 거대한 돔을 보기만 하여도 질리도록 착안한 것이었다.

높은 계단을 올라 집무실로 들어가려 하자 집무실 앞에는 총독부 관원 거의 전원이 서서 웅성거리고 있다. 엊그제까지 무서운 호랑이 같던 일제가 오늘은 숨을 구멍을 찾는 작은 짐승이 되어 있는 꼴이 참으로 격세지감을 느끼게 했다. 정무 총감을 위시하여 총독부 무관, 부속무관, 장관(각 부의 장), 국장, 참사관, 비서관, 사무관, 기사(技師), 통역관, 기수(技手) 등 4백여 명이 아베의 얼굴만 보고 있었다. 집무실로 들어서자 지위가 높은 자는 따라 들어오고 지위가 낮은 자들은 집무실 밖에서 안을 향해 서 있다.

"각하! 모두 각하의 한 말씀을 기다리고 있습니다." 야마나 비서실장이 가까이에서 말을 꺼낸다. 모두들 찬물을 끼얹은 듯 바스락 소리도 내지 않는다. 아베는 실내에서 실외까지 들리게 훈시처럼 말을 한다.

"제군들! 수고 많이 했다. 우리는 텐노헤이카(여기서 전원이 '삐거덕' 두 발 모으는 소리가 전 홀에 울려 퍼진다)의 명에 따라 내일 조선에서의 모든 우리의 권리를 미군에게 인계

하고 떠나야 한다. 그러나 슬퍼만 하고 있지 말라. 우리는 또 돌아올 것이다. 조선은 고래로 우리의 먹잇감이었다. 우리와 가장 가까운 곳에 이렇게 괜찮은 먹잇감이 항상 기다리고 있다는 것은 우리의 홍복이다."

이때 전령이 성큼성큼 걸어 들어와 종이를 한 장 비서실장에게 전한다. 야마나가 약간 보더니 아베에게 전하며 "미군정청에서 온 전문입니다."라고 한다. 아베가 들여다보니 거기에는 내일의 항복조인식 시간과 양측 필수 참석인원의 명단이 자세히 적혀있다. 아베는 말을 계속한다.

"내일 오후 4시에 일·미 조인식이 있다는 전문이다(이때 전체가 한바탕 웅성웅성하기 시작한다). 제군들! 내일부터는 조선총독부가 재조선 미 육군사령부 군정청이 될 것이고 용산의 조선 주둔 일본군기지는 조선 주둔 미군기지로 될 것이다. 조선은 절대 자주 독립국가가 되지 못한다. 미국은 절대 조선을 통일되게 놔두지 않을 것이다. 조선이 통일되면 미국이 감당할 수 없는 국가가 되기 때문이다. 미국은 조선을 동양견제의 교두보로 만들 것이다. 그리고 우리는 조선에 원자폭탄보다 더 무서운 식민사관을 심어놓았다. 수천 년의 상고사를 완전히 잘라내 버리고 삼국에서부터 역사를 시작하게 만들어 놓았다. 자기 민족을 팔아먹은 신라를 조선 역사의 주류로 하는 신라예찬론을 만들어 놓았다. 그리고 이북은 중국 한 사군의 식민지, 이남은 일본 임나일본부의 식민지였다고 열등의식을 불어넣었다. 우리는 조선의 동학군을 진압하고 청국세력을 반도에서 몰아내고 맺은 시모노세키 조약(1895)에서부터 오늘(1945)까지 50년을 다스려 왔다. 그 때문에 이 식민사관을 뿌리 뽑으려면 100년의 세월이 필요할 것이다. 그것도 잘해야 100년이고 불연이면 영원히 갈 수도 있다. 일본도(日本刀) 밑에서 겁에 잔뜩 질려있는 조선인은 이간질하기에 습관이 되어 있고 대국의 보호를 받지 않으면 죽는다는 사상을 갖게 만들었다. 황국 군대가 조선의 고대사 사료 전부를 수색하여 20만 권을 불살라버렸는데, 그 이전에도 이들은 조선조 때부터 자기 스스로 '사대(事大)'를 국시로 삼고 살아왔던 민족이다. 이것은 내 개인적인 직감인데 미국은 아시아에서 유일하게 일본을 우방으로 만들 것이다. 그들이 아시아에 발판을 마련하려면 가장 똑똑한 나라를 친구로 둘 것 아닌가. 아시아에서 가장 똑똑한 나라가 누구인가? 그것은 삼척동자에게 물어보아도 다 아는 사실이다. 미국이 멍청한 조선 같은 나라를 친구로 둘 리가 없다. 그리고 또 내 개인적인 직감인데, 우리가 조선을 50년간 통치했기 때문에 미국은 최소한 100년은 통치할 것이다. 그 뒤는 또다시 일본이 차지하면 된다."

이날은 모두 뒤숭숭한 분위기에서 모처럼 출퇴근도 자유롭고 가족 면회, 지인 방문, 토론, 전화, 일찍 귀가 등 모든 것이 예외였다. 이런 가운데 내일의 항복조인식이 다가오고 있었다.

9월 9일 오후 4시, 항복조인식은 총독부 제1회의실의 양쪽 문이 열리면서 하지 중장 일행과 아베 총독 일행이 동시에 들어왔다. 이때 하지 중장 일행은 씩씩하게 들어서는데 아베 총독은 미수에 그친 할복자살의 상처 때문에 몸을 부축받으며 천천히 걸어 들어오고 있었다. 엔도 류사쿠(遠藤柳作) 정무 총감이 바싹 부축하고, 조선고등법원장 기토 효이치(喜頭兵一), 조선군 사령관 고즈키 요시오(上月良夫) 중장, 조선군 참모장 이하라 준지로(井原潤次郎) 소장 등이 근접 호위하며 들어섰다.

조금 전, 이날 4시의 항복조인식이 다가오자 아베는 자기 집무실 바닥에 하얀 천을 깔고 앞에 도가(刀架)를 차려놓고 꿇어앉아 할복을 준비하고 있었다. 사무라이들의 할복은 뭐 그리 대단한 일도 아니고 어마어마한 큰일을 위해서 하는 것도 아니다. 자기 오야붕(두목)이나 의리나 체면을 위해서 하는 것이고 고통 없이 빨리 죽으라고 최측근이나 친한 친구가 장검으로 목을 쳐 주는 것이었다. 할복을 한다고 하면 아무도 말리지 않는다. 말린다는 것은 사무라이의 굴욕이기 때문이다. 이날도 모두 심각한 표정으로 지켜보고만 있었다. 이런 경우는 당연히 할복을 생각할 수 있는 일이기 때문이었다. 아베는 제법 심각하게 윗옷을 까고 허연 뱃살을 드러냈다. 목을 치는 역은 고츠키 사령관이 맡았다. 이를 지켜보는 열댓 명 참모들은 아베의 동작 하나하나에 시선이 딸려가고 있었다. 아베는 잠깐 앞으로 몸을 숙여 단도를 들었다. 드디어 칼집에서 시퍼런 칼을 뽑았다. 칼끝을 왼쪽 배에 가져다 댔다. 이제 깊이 찔러서 쭉 갈라 오른쪽으로 더 길게 더 깊게 갈라나가야 한다. 그때 영광된 죽음이 될 만한 일순에 카이샤쿠(介錯. 목 치는 사람)가 단칼에 목을 댕강 날려 주는 것이다. 그런데 웬일인가. 아베는 칼을 배에 찌르자 2cm도 들어가지 않았는데 팩! 쓰러져버리고 만다. 이 광경을 보고 있던 사람 가운데서 누군가가 "사무라이노 구즈다나!(무사의 쓰레기로군)" 한 마디 내뱉는다. 아무도 방금 그 말을 누가 했느냐고 따지지 않았고 의무병이 들어와 흰 천으로 몸을 감고 들것에 들고 나간다. 아무리 사무라이의 혈통이라지만 70 노구로는 감당할 수 없는 일이었던 모양이다.

  항복식 취재는 자유중국의 기자, UP, AP 로이터 통신 등 20여 명과 연합국 측 영화사 카메라맨들도 열띤 경쟁을 벌였다. 그런데 조인서의 내용을 보면 미군이 접수한 지역은 조선 전역이 아니고 38선 이남으로 국한되어 있었다. 조인식은 금방 끝나고 4시 45분에 총독부 앞뜰의 국기게양대에서 미군 군악대의 취주와 총독부 울타리를 둘러싼 조선인들의 박수 소리가 울려 퍼지는 가운데 일본 국기가 내려지고 미국의 성조기가 올라갔다. 이때 어떤 청년 하나가 불쑥 앞으로 튀어나왔다.

"왜 조선의 국기가 올라가지 않고 미국 국기가 올라가느냐. 이건 말도 안 된다. 미국 국기를 내리고 태극기를 올려라. 조선의 국기를 올려라. 태극기를 올려라." 하고 고래고래 소리를 질렀지만 군중의 박수 소리와 미군 군악대의 취주로 불과 몇 사람의 귀에 들리는가 하더니 금방 다른 소리에 묻혀 버리고 말았다.

그러면 8월 15일 일본 본토의 항복에서부터 9월 9일 조선의 일본군 항복까지의 25일 동안 조선에서는 어떤 일이 있었던가.

실은, 8월 15일 일본 왕의 항복선언에도 불구하고 조선 내의 일본인은 마음 놓고 슬퍼할 수도 없었다. 소련군이 남하한다는 소문에 잔뜩 겁에 질려 있었기 때문이다. 8월 10-15일 사이에 소련군 선발대가 벌써 이북을 점령해 들어오고 있었던 것이다. 그토록 강하다는 만주의 관동군과 이북의 일본군, 어용일본인들은 모조리 포로로 잡혀서 시베리아로 유배 보내지고 있었다.

함흥소학교 교장 가가타니(加賀谷)와 일본인 교사 3명도 소련군에 잡혀 시베리아 유배지로 보내졌는데 그들이 하루 종일 하는 일은 '벽돌 쌓기'였다. 사람에게 아무런 보람도 없는 일을 하게 하는 것이야 말로 가장 가혹한 형벌이다. 수용소의 동쪽 담 밑에 쌓인 벽돌을 서쪽 담 밑으로 옮기는 것이다. 그것이 다 쌓이면 다시 동쪽 담 밑으로 옮기는 것이다. 또 다시 서쪽 담 밑으로 옮긴다. 이 일을 하루 종일 반복시키는 것이다. 그것도 빠른 동작이어야 한다. 먹는 것은 멀건 수프 한 그릇과 검은 보리빵 한 개를 하루에 두 번 먹는 것이 전부였다.

하루는 중간 면담시간이 있었다. 수용소 소장이 가가타니에게 조선에서 무엇을 가르쳤느냐고 물었다. "코쿠고(國語. 일본어), 황국 사상…등을 가르쳤다."고 하자, "뭐? 황국 사상이 뭐야?" 하자, 일본 정신을 가르치는 황국 사상이라고 했고 사무실에 있던 수용소 소장 이하 군인들이 모두 배꼽을 쥐고 웃었다. 그 뒤부터는 벽돌을 나르면서 매 걸음마다 '황국 사상! 황국 사상!'하면서 나르라 하였다. 그들은 두 달을 버티지 못하고 모두 죽었다.

조선군사령부 예하 영흥만 요새 사령부의 이즈노(伊津野) 중좌 이하 5명이 잡혀서 시베리아로 보내졌다. 영흥만 요새 사령부는 원산, 성진, 청진 등을 연결하는 군사시설을 갖춤으로써 동해안 군사기지를 확보하는 임무를 띠고 있었다. 그런데 그들 5명을 데려간 군인들은 그들을 수용소에 가두지도 않았다. 그들을 실은 추럭은 끝도 갓도 없는 시베리아 벌판을 달리더니 어느 눈밭에 그들을 내려놓고 가버렸다. 가즈노 중좌 이하 졸개들은 끝없이 걷고 다음 날 걷고 그다음 날 또 걸어도 인가 비슷한 것도 없고 먹을 것 한 톨도 구경할 수 없었다. 열흘 정도를 헤매다가 모두 눈밭에서 얼어 죽었다.

그와 같은 정보를 서울의 조선총독부에서는 무전을 통하여 어느 정도 다 알고 있었다. 그때 엔도 정무 총감은 여운형을 총독부로 불러들였다. 여운형은 승자다운 당당한 태도로 정무총감실로 들어서고 있었다.

"웬일이십니까. 높으신 분이 이렇게 높은 총독부까지 불러주시다니요. 어찌나 천정이 높고 으리으리하던지 어지러워서 혼났습니다."

"여 선생님, 우리 모든 것을 타협적으로 합시다. 이제 우리는 물러갈 것이니 저희와 모든 것을 협조해주시기 바랍니다."

"아니, 높으신 일본 분이 한낱 조선인의 협조가 다 필요하단 말입니까?"

"여 선생님, 왜 이러십니까? 우리도 조선의 치안협력위원회를 적극 협조하겠으니 여 선생님께서도 일본인의 생명과 재산을 보호해 주시기 바랍니다."

"패망한 일본이 우리에게 무슨 도움을 줄 수 있단 말입니까. 그리고 우리는 치안협력위원회가 아니고 조선건국준비위원회입니다. 우리는 일본에 협력하는 것이 급선무가 아니고 나라를 건국하는 것이 급선무예요. 알겠어요?"

"알겠습니다. 조선건국위원회도 좋습니다. 하여튼 소련군이 총독부를 점령하더라도 잘 말씀드려서 일본인의 생명과 재산을 보호해 주시기 간절히 바랍니다."

"하여튼 뜻은 잘 알았습니다. 그럼 내가 한 가지만 부탁을 드려 보겠습니다. 먼저 서대문 형무소에 감금되어 있는 조선의 정치범들을 당장 전원 석방하세요."

"알겠습니다. 당장 석방하겠습니다."

일본은 신속하게도 다음 날 오전에 서대문형무소의 정치범은 가부를 불문코 무조건 전원 석방하였다. 그들이 서울 시내로 행진하여 들어오면서 환영인파가 인산인해를 이루었고 서울의 봄은 너무나 화창한 날씨로 변하였다.

3

    8월 16일 오후에는 소련군이 경성을 향해 진격해 오고 있다는 소문이 퍼지면서 경성역에는 해방군을 환영하기 위한 인파가 물밀 듯이 몰려들고 있었다. 남대문로에는 소련의 붉은 깃발을 흔들고 만세를 부르며 경성역 쪽으로 몰려드는 인파로 북새통을 이루었다. 경성부청 앞에도 인파로 가득하였다. 들리는 소문에 의하면 오후 3시쯤에 소련군이 도착할 것이라고 했다. 이날 1시에는 벌써 흰 한복을 차려 입은 여운형이 휘문중학교에서 집회를 열고 건국준비위원회가 총독부 산하기관을 접수한다고 선언하고 경성방송국, 경성일보 등을 접수하며 새로운 국가건설을 위한 본격적인 준비에 착수하였다. 각 지역 건국준비위원회도 각 지역 관공서를 접수하고 경찰서, 도청 등을 접수하기 시작하였다.

8월 17일에는 부산 지방교통국장 다나베 나몬이 조선총독부의 비상대기 명령을 받고 배를 대기하고 있었다. 그런데 웬걸 아베 총독의 아내가 손자 2명만을 데리고 파리한 얼굴로 나타나더니 80톤짜리 배에다 조선에서 약탈한 문화재 귀중품들을 가득 싣고 일본으로 출발시키라고 하였다. 그런데 그 배는 얼마 가지도 못하고 목도(木島) 앞바다에서 그만 멈추고 말았다. 얼마나 짐을 많이 실었던지 과적으로 인하여 운행 도중에 배가 한쪽으로 기울기 시작하더니, 점점 각도가 심해져 결국 완전히 넘어가 버리고 말았다. 마침 아베 부인과 손자 둘은 구명조끼를 입히고 튜브까지 감고 있었기 때문에 날랜 수부들이 헤엄쳐가서 구출하여 겨우 다시 세워진 배에 싣고 부산항으로 돌아왔다. 아베 부인은 하는 수 없이 애써 갈취한 귀중품들을 모조리 바다에 수장하고 겨우 목숨만 살아서, 다시 도청의 알선으로 많은 돈을 주고 암매한 조선인의 배를 타고 황급히 일본으로 줄행랑을 놓았다.

이 일이 있기 전, 이날 아침 경무대는 초상집과 같이 무거운 분위기에 휩싸여 있었다. 아베 부인은 손자 둘을 데리고 꿇어앉아 아베가 나오기를 기다리며 울고 있었다. 아베가 나와서 엎드려 어깨를 들먹이고 있는 아내를 보면서 입을 열었다.

"요코! 울고만 있지 마라. 너는 살아남아야 한다. 린짱과 아키짱을 데리고 오늘 중으로 내지로 먼저 돌아가 있어라.(일본인은 자기 마누라한테는 나이가 아무리 많아도 이름을 부르고 해라를 한다. 내지란 자기네 일본이란 뜻이다.)"

"주인님!(일본여자는 자기 남편에게 하녀가 쓰는 용어를 사용한다) 당신은요?"

"나는 여기서 할 일이 남았다. 남들이 다 도망간다고 나도 도망갈 수야 없지 않겠느냐. 청자와 백자, 그리고 서화(書畫), 금은붙이들은 모두 차에 실어놓았다. 그것만 무사히 내지로 운반하면 우리 가문은 3대는 잘 살 수 있다."

"모란무늬 청화백자도 실었지요?"

"물론이다."

"청자 운학문매병은요?"

"물론 잘 실었다. 청자 운학문매병은 열 번을 포장하였으니 걱정하지 마라."

"주인님도 꼭 살아서 돌아와야 해요. 알았지요. 딴생각일랑 아예 하지 마세요(사무라이들은 이런 경우 대개 할복을 하기 때문에 그것을 염두에 두고 하는 말이다)."

"알았다(이때 아베는 할복을 결심한 듯한 표정을 하였다). 어서 일어나 가거라."

요코가 일어나자 린짱과 아키짱은 아베에게 달려가 "할아버지!" "할아버지!"를 연호한다. "오냐. 오냐. 너희들은 대일본제국을 위하여 건강하고 공부를 열심히 해야 한다. 알았느냐?" 두 손자는 씩씩하게 "하이!"하고 큰소리를 지른다. 이때 이 광경을 보고 있던 경무대 관원들의 울음소리가 어딘가에서 들렸다. 승용차 1대와 짐을 가득 실은 커다란 트럭 2대가 서서히 움직이자 이번에는 모두 소리 내서 울었다. 그런데 그 인파 속에서 한 젊은이가 "지미 X혈, 저만 살려고 먼저 도망을 가?"하고 제법 노골적으로 소리를 지른다. 아마 정원사인 것 같았다. 옆 사람들에게 들렸음직 한데 그 말을 탓하는 사람은 아무도 없었다. 아니나 다를까 그 날로 경무대 인원들은 절반 이상이 도망가 버리고 말았다.

총독의 부인이 이럴 진데 다른 일반인들이 자기 살길을 찾아 날뛰는 것은 당연한 일이었다. 이틀 전까지만 해도 무서운 호랑이 같던 그들이 이제는 자기 살 구멍만 찾는 작은 산토끼가 되어 이리 뛰고 저리 뛰는 모습은 한편 측은하기도 하였다. 원래 일본인은 그런 사람들이다. 한 번 기가 꺾이면 손가락으로 밀어도 넘어질 만큼 아무런 힘을 발휘하지 못한다. 일본인을 잘 표현한 말이 있다. 가시캉콘죠(下士官根性. 하사관 근성)! 자기보다 한 계급만 높아도 벌벌 기고 한 계급만 낮아도 완전히 밟고 짓이겨버리는 비열한 남자의 표상이다. 그러기 때문에 일본인에게 약자로 보이면 큰일이 나는 것이다.

　북한에서도 발 빠르게 인민위원회가 조직되어 모든 조직을 인수하고 있었다. 그런데 이상하게 소련군의 남하는 늦추어지고 있었다. 소련군이 오지 않으리라는 것 자체를 일본은 모르고 있었고 38선이 그어져 있는 줄도 까마득히 모르고 있었던 것이다.
　8월 20일에야 조선총독부의 조선에 대한 반격의 음모가 시작된다. 즉 소련군은 남하하지 않는다는 것과 38선이 갈라져 있다는 사실을 알게 된 것이다.
　일본 왕이 항복선언은 했지만, 아직 구체안은 남아 있었다. 일본 대표 가와베 도라시로(河邊虎四郎) 중장 일행 12명이 맥아더 장군의 명령에 따라 일본 군용기를 흰색으로 칠하고 녹십자를 그려 넣었다. 그 비행기를 타고 19일에 이에시마(家島)에 도착했다. 거기서 미국 측 안내를 받아 맥아더 장군과 회의를 하기 위하여 미군 비행기로 갈아타고 마닐라에 도착했다. 19시간 만에 겨우 이루어진 마닐라 회의에서 일본은 천황을 살려준다는 조건하에서 8월 10일에 포츠담 선언을 받아들였고 포츠담 선언은 무조건 항복이란 것, 맥아더 장군이 일본 총독이 된다는 것 등을 확인한다. 맥아더는 천하무적의 당당한 태도로 그 특유의 옥수숫대 마도로스 파이프를 입에 물고 나타났다.

"항복식 조인은 도쿄 만에 정박하고 있는 미합중국의 미조리함 선상에서 9월 2일에 거행하오."

"핫! 알겠습니다 장군. 참 그리고, 미군은 언제쯤 조선에 상륙하시는 것입니까?"

"약간 늦어질 것이오. 미군이 조선에 항복문서를 받는 것은 38선 이남에 국한하오."

"네? 38선…?"

"자세한 것은 당신들은 알 필요 없소. 모든 것은 우리 사정에 따라서 할 것이오."

여기서 처음으로 조선을 38선으로 갈라 이북은 소련이 이남은 미군이 일본의 항복을 받는다는 내용을 알게 되었다. 북위 38도선은 미·소 양국이 한반도에 있는 일본군의 무장해제를 위하여 얄타 비밀협정에 의하여 편의상 설정한 것이었다.

 일본의 내무차관은 이 사실을 조선총독부 엔도 정무 총감에게 8월 20일 당일로 전문으로 알리게 되고 그때에야 조선총독부는 겨우 안도의 한숨을 내쉬게 된다. 소련군은 안 온다. 소련군이 서울을 점령하면 일로전쟁 때부터 쌓인 악감정으로 일본에 대한 엄청난 보복이 있을 것이었다. 그러나 그들이 안 온다는 것 아닌가.

 총독부로서는 먼저 여운형이 건국준비위원회를 만들어 인민공화국을 만들려는 기세를 멈추게 하는 것이 급선무였다. 경성 경비사령관 고모다는 하룻밤 사이에 3천여 명의 일본군을 전역시켜 80% 이상이나 도망가 버린 경찰 인력을 대치한다. 그들로 하여금 건준이 접수한 모든 기관을 다시 반환받고 조선총독부가 유일한 통치기구란 것을 전국에 천명한다.

 살 구멍을 찾아 사면팔방으로 도망가고, 쥐구멍이라도 처박고 들어가기 바쁘던 일본은 불과 5일 만에 갑자기 기가 다시 살아난 것이다. 멀쩡한 가구며 살림살이들을 모조리 내다 팔던 일인은 다시 세간을 사들이기 시작하였고 조선인에게는 대일본제국의 위엄을 보여줘야 한다고 경망을 떨기도 하였다. 사태 파악을 완전히 한 조선총독부는 25일에 아직 조선에 오지도 않은 하지 중장에게 비밀문서를 발송하였다.

> 존경하는 하지 중장 각하
> 조선의 치안확보를 위해서는 일본의 군인과 경찰을 활용해 주시기 바라오며 그것이 조선 내의 불안감과 조선의 폭동을 막는 최선의 길임을 알려 드립니다. 아울러 조선의 공산주의자는 이 기회를 이용하여 일소하여야 합니다. 일·미 사이에 이간질을 책동하는 자가 있사오니 가능한 일본총독부 관리에게 모든 사정을 물어 불량자들이 끼어들지 못하도록 주의할 것을 희망합니다. 아울러 귀국 군대가 상륙하여서도 우선 기존의 조선은행권을 그대로 사용하게 해 주시기 바라오며, 우리는 미군의 편에 서서 함께 소련 편에 선 공산주의 폭도집단을 응징할 것을 희망합니다.
> 일본국 주조선총독 아베 노부유키 돈수

그리고는 미군이 아직 상륙도 하기 전에 미군이 상륙하면 조선인이 총으로 방어하려 한다는 둥 거짓 정보를 미국 측에 흘려 보낸다. 미군의 상륙 직전까지 조선 주둔 일본군 용산 제17방면군 사령관 고츠키 요시오(上月良夫)와 오키나와의 하지 중장 사이에 무려 80여 통의 전문이 오가고 있었다.

고츠키는 "조선인 중에는 공산주의자 혹은 독립운동가가 많습니다. 이들은 이 기회에 치안을 교란시킬 의도를 가진 자들이기 때문에 경찰, 헌병 외에 군대를 동원하여 치안을 유지할 필요가 있습니다.(1945.9.1. 오전 1시)"라고 했고, 소련과 이데올로기 대립을 하고 있는 미국으로서는 반가운 정보였기 때문에 이는 결코 묵과할 수 없는 일이었다. 하지는 고츠키에게 답신하기를 "일본군의 치안 유지를 허가한다. 조선인에게 직접 경고하기 위해 오늘 미군기가 포고문을 투하할 것이다. (9.1. 오후 4시)"라고 답신한다. 미군은 신속하게 9월 1일 당일로 군용기를 출동하여 조선에 삐라를 뿌린다. 조선에 뿌려진 하지 중장의 제1호 포고문이란 삐라 내용은 미국이 일본의 항복을 받으러 오는 것이 아니고 조선의 항복을 받으러 온다는 내용이었다.

> 모든 것은 조선의 행동 여하에 달려 있다. 철저한 복종은 나라의 재건을 빠르게 하지만 경솔하고 무분별한 행동은 인명의 손실과 국토의 황폐, 독립의 지연을 가져올 뿐이다. (9.1. 하지 중장 포고문)

미군이 상륙할 때 감히 경거망동하면 조선을 쑥대밭을 만들어버리고 말겠다는 점령군의 협박이었다. 고츠키는 대환영을 하고 즉시 하지 중장에게 답신을 띄운다. "전단 투하가 조선의 치안에 대단히 유효합니다. 특히 공산계 적색분자의 책동을 막는데 유효했습니다. 더 구체적으로 다시 한번 투하해 주시길 간절히 요청합니다. (9.2. 오후 4시)" 하지와 고츠키는 착착 손발이 맞아떨어졌다. 하지는 즉시 다음 전단을 투하한다.

> 남조선 주민에게 고함. 미국은 곧 귀국에 상륙하게 된다. 국민의 질서유지를 도모함도 이번 상륙의 목적이다. 일본인 및 미 상륙군에 대한 반란행위, 재산 및 기존 시설에 대한 파괴행위 등을 엄벌한다. (9.4. 하지 중장 포고문)

조선총독부의 이간질은 완전 성공을 거두어 '일본인 및 미 상륙군'을 한 편으로 만들고 조선을 다른 한 편으로 만들고 있었다. 9월 8일에 미군이 인천에 상륙하기 전, 하지는 오키나와를 출발하면서 다음과 같은 전단을 먼저 조선의 하늘에 살포한다. "한국은 미국의 적이며 적국의 취급은 관례에 따라 수행할 것을 선언한다." 아주 분명하게 '한국은 미국의 적'임을 천명하고 나온 것이다. 일본은 하지 중장이 상륙할 인천항구에는 폭동을 일으킬 항만노동자로 가득하다고 거짓 정보를 보내고 그 치안 유지권을 가지게 된다. 그것도 모른 한국 사람들은 미군이 상륙한다는 소식을 듣고 환영인파와 구경꾼들이 인천항구로 몰려갔고 만세 소리와 함성 소리가 요란하였다. 이런 인파를 보고 일군은 이들이 폭동을 일으키려 한다고 미군에 보고하고 한국인을 향하여 무차별 발포를 한다. 즉석에서 사망 2명에 부상자 수십 명이 나오고 군중은 흩어졌다.

여기까지가 일본의 1차 음모였다면, 이제부터는 진짜 한국의 경제를 완전히 파괴해버리고 갈 제2차 음모를 시작하고 있었다.

그들은 8·15 이후, 조선은행권을 대량으로 찍어내기 시작한 것이다. 일본은행과 상담하여 1엔짜리 원판을 조금 크게 만들어 1,000엔으로 바꾸어 찍어내고 100엔짜리도 찍어냈다. 도서인쇄주식회사에서 찍었는데 어찌나 인쇄가 조잡하던지 손에 잉크가 묻어날 정도였다. 8월 11일 현재 조선의 총 화폐발행고가 47억 엔이었는데 8월 15일 이후에 찍어낸 것을 합하니 95억 엔이나 되었다(이 중 4억 엔은 일본으로 공수). 거기에 또 구화폐 45억 엔이 더해졌다. 그 구화폐는 당시 총독부재무국장 미즈타 나오마사(水田直昌)가 44년 말부터 폐기하여야 할 화

3 조선의용군의 입북 147

폐를 폐기하지 않고 총독부 지하창고에 은밀히 보관하고 있던 것이다. 이 폐기해야 할 45억 엔을 갑자기 풀어버리니, 기존 조선발행권 95억 엔을 합하여 무려 140억 엔이 통용되고 있었다. 전 발행고의 세 배가 통용되는 인플레이션이 일어났다.

조선총독부에서는 돈 잔치가 벌어졌다. 재무국장 미즈타는 자기 부하들에게 6,400만 엔을 나누어주었다. 정무 총감 엔도 류사쿠는 기밀비로 500만 엔(현재 돈 100억 엔 상당)을 차지하였다. 이 돈은 소위 퇴각금 혹은 도피자금이었던 것이다. 또한 일본인 기업체에게는 무한정의 대출이 가능하였다. 어차피 갚을 필요도 없고 갚을 기회도 없을 것이란 것을 서로가 잘 알고 있었다.

일본의 미국에 대한 러브콜은 성공을 거두었고 미국으로 하여금 한국을 적대시하라는 술책도 잘 먹혀들어 갔으며 자기들이 무사히 귀국할 수 있게 안배한 사전공작도 모두 맞아 떨어졌다. 9월 7일, 미즈타가 조선총독부 선임국장으로 미군 선발대를 맞으러 김포공항에 나갔다가 자기도 믿기지 않아 고개를 갸우뚱하였다. 대개 전쟁에서 이긴 승자는 패자를 무자비하게 살상 능욕하는 것이 상식인데 미국인의 태도는 전혀 달랐다. 만면에 웃음을 띠고 악수를 청하고 착석을 권유하며 조선에 대한 궁금한 점을 이것저것 묻기 시작하였던 것이다. 그때 미즈타는 "나는 미군이 일본인 지역을 점령하러 온 것이 아니라 우리와 인수인계라는 비즈니스를 하기 위해서 온 것을 깨달았다."고 측근들에게 말한 바 있다.

일본 국내도 전혀 바뀐 게 없었다. A급 전범이니 B급 전범이니 하여 몇 명 사형도 처하고 투옥도 시켰지만, 그 책임을 지는 자는 최고 책임자에 국한되었다. 장관이 사형을 당해도 바로 밑의 차관이 올라가 장관이 되기 때문에 모든 일본의 체제는 하나도 바뀌지 않고 그대로 존속되었다. 일반 일본인의 입장에서는 왕도 살아있고 모든 정치사회 체제도 전혀 바뀌지 않으며 전쟁은 끝났으니 미군이 고마운 존재일 수밖에 없었다. 미군이 밖으로 나오면 아이들이 성조기를 들고나와서 환영하였으며 미군이 혼자 무장을 하지 않고 기차를 타고 시골길을 다녀도 신변에 위협을 느끼지 않았다.

조선총독부가 우리의 독립투사들을 공산주의자로 낙인찍어둔 효과는 기대 이상으로 컸다. 미군정청 치하에서 독립투사들은 모조리 빨갱이로 몰려 체포되거나 도망가거나 숨어서 살지 않으면 안 되었다. 일본군의 정식 조선 퇴각은 9월 30일부터 시작하는데 모두 10만 명 인원이었고, 일반 일본인은 10월 10일부터인데, 퇴각하는 인원이 무려 80만 명에 이르렀다. 돈 있는 자는 따로 밀항선을 이용하여 조선에서 챙

긴 재산을 하나도 남김없이 고스란히 가져갔다.

　조선총독부는 퇴각하기 직전에는 참으로 무차별로 화폐를 찍어내어 일본인에게 선심을 썼다. 그 돈으로 조선의 보물 보화는 모조리 사들여 일본으로 가져갔다. 일본인이 떠난 뒤에는 그 돈들은 어차피 휴지가 될 것이기 때문에 무진장 찍어도 무슨 상관이 있겠는가? 조선인들은 대를 이어 보관하여 오던 보물 보화라도 그 몇 10배 몇 100배를 주겠다는데 팔지 않을 이유가 없었던 것이다.

　일본인이 떠난 뒤의 조선은 종이쪽 같은 지폐만 남아 살인적인 인플레이션의 악마가 덮쳤다. 8월 15일에서부터 11월 사이에 조선의 물가는 30배나 뛰어올랐고 쌀값은 2,400배나 뛰어올랐다. 조선총독부 재무국장 미즈타 나오마사는 나중에 본국에서 경제교란 죄로 체포되기는 하지만 얼마 안 있어 금방 석방되고 만다. 조선총독 아베 노부유키도 맥아더 사령부에 의해 45년 12월에 전범으로 심문을 받게 되는데, 그는 반성은커녕 "일본 식민정책은 한국인에게 이익이 되는 정책이었으며 한국인은 아직도 자신을 다스릴 능력이 없기 때문에 독립된 정부 형태가 되면 당파싸움으로 다시 붕괴될 것"이라고 하며 남·북 공동정부 수립을 적극적으로 반대한다고 미국에 충고할 정도였다. 아베는 역시 무죄로 석방되었으며

78세라는 천수(1875-1953)를 다 누리고 죽는다.

  당시 미군 중에도 한국 내에서 뇌물수수, 폭행 등 범죄행위가 비일비재하게 발생하였지만, 미 군정청의 검열을 받아서 출간되는 한국의 신문에는 미군 비리에 대한 기사가 일언반구도 실리지 않았다.

4
몸부림치는 백범

1

　하지는 한국에 해방군으로 온 사람이 아니고 점령군으로 온 사람이었으며 일본인을 보호하기 위하여 온 사람이었다. 동시에 한국을 친일파가 다스리게 기반을 다져준 사람이었다. 일명 태평양의 패튼(노르망디 상륙작전의 영웅. 하지는 44년 10월 제24군단장으로 필리핀 레이터 섬에 상륙 일본군 섬멸. 동 10월 오키나와 상륙 점령)이라고 하던 하지였지만 한반도에서의 그의 행각은 완전히 낙제 점수였다. 원래 남한 군정 사령관 내정자는 스틸웰 육군대장(장제스 참모장 겸 주중 미군 사령관)이었지만 장제스와의 불화 때문에 불발되었다. 그다음으로 임명하려 했던 사람은 위드마이어 장군(스틸웰의 후임 장제스 참모장)인데 그도 중국에서 국공내전 중재 문제 등의 일 때문에 임명이 철회되었다. 하지는 전형적인 미국 군인인데다 정치 감각은 전무하여서 피아도 구분하지 못하였다. 다른 사람도 아닌 여운형에게 대뜸 물었다.

"당신은 일본하고 무슨 관계가 있소?"

"아무런 관계도 없소."

하고 대답한 여운형에게 이번에는,

"일본 놈(Jap)한테 얼마나 받아먹었냔 말이요?"

라고 질문하는 등 고소를 금할 수 없는 일이 벌어지기도 하였다. 여운형은 기가 막혔다.

"뭐라고? 이 한심스러운 인간 같으니라고. 당신 내가 누군 줄이나 알고 있는 거야?"

하고 소리를 질렀다. 하지도,

"뭐? 말조심 해. 너야말로 여기가 어딘 줄이나 아는 거야? 이 X새끼(퍽크유)!"

하고 의자를 박차고 일어났다. 여운형도,

"네 이놈!"

하면서 벌떡 일어섰다. 부관들이 우르르 달려들어 말렸으니 망정이지 하마터면 주먹다짐이 벌어질 뻔하였다.

성조기는 군정을 실시하는 3년 내내 총독부 건물에 개양

되고 있었다. 아베가 쓰던 조선총독 사무실은 그대로 하지 중장의 집무실이 되었다. 총독부청사는 미 군정의 캐피탈 홀(Capital Hall)이라 불리게 되었고 나중에 우리말로 중앙청이라고 불리게 되는데 이는 정인보 씨가 캐피탈 홀을 우리말로 번역한 것이었다. 하지가 조선에 가장 먼저 도착할 수 있었던 것은 오키나와 주둔 24군단 사령관이었기 때문이었다. 그저 한반도 38도선 이남을 접수하라는 맥아더 사령관의 지시를 받고 무작정 온 사람이었다.

그는 대한민국 임시정부보다 조선총독부를 더 신뢰하였고 우리 광복군이나 독립군은 거들떠보지도 않고 일본군 출신 친일파를 동원하여 군정을 유지하였다. 하지는 "한인들은 일본인에게 강탈당하고 매를 맞았다고 떠들어 대지만 증거가 거의 없다."는 말을 아무렇지도 않게 하였고, 심지어는 김구를 다시 중국으로 추방하려고까지 하였다. 친일파 청산은 아예 꿈도 꿀 수 없는 상황이 되고 만 것이다. 친일파들은 모조리 서북청년단이니 조선민족청년단이니 대동청년단 등 극우단체에 가입하여 독립군, 민족주의자를 압박하는 선봉대가 되었다. 그들이 새로 만들어낸 용어가 '빨갱이'였다. 친일파를 청산해야 한다고 주장하는 독립군이나 민족주의자에게는 무조건 빨갱이라는 감투를 씌우고 보았다. 그것이 친일파들이 면죄부를 얻고 살아남을 수 있는 길일뿐더러 오히려 자기들이 국가에 공헌하고 있다고 역으로 큰소리칠 수 있는 방편이었다. 이승만 정권은 반민특위에 의해 1차로 체포당한 친일파 478명마저 모조리 방면해버리고 말았고 48년에는 반민특위 자체를 해산해 버리고 말았다.

그런데 미국은 한국에 대해서 무지했기 때문에 그렇다손 치더라도 국내인들의 통일반대는 또 웬 말인가. 그들은 벌써 아베가 말한 것처럼 식민지 생활에 습관이 되어 남의 눈치 보기 선수가 되어 있었고 민족 본연의 양심대로 움직이는 군중이 아니었다. 여기서 김구는 커다란 결단이 필요했다. 김구는 죽음을 불사하고 북행을 감행할 수밖에 없었다.

1945년 12월에 소위 '모스크바 3국(미·영·소) 외상회의'가 열렸고 거기서 미·영·중·소 4개국에 의한 최고 5년의 신탁통치안이 가결되기에 이른다. 이 소식이 국내에 전해지자, 임정을 중심으로 국민총동원위원회가 결성되어 반탁운동이 전개되었다. 이때 임시정부측은 결사적으로 반탁을 주장하였지만, 박헌영 측의 좌익계열은 찬탁을 주장하여 의견의 일치를 보지 못하여 좌우 제휴에 의한 민족통일공작은 여간 어려운 과제가 되고 말았다. 그러던 중 46년 1월에 미·소 공동위원회 예비회담이 열렸으나 차츰 결렬 상태에 빠져들어 가고 있었다. 이의 타개책으로 이승만은 한민당과 함께 민족통일 총본부를 조직하고 자율정부 운동을 벌였다. 이승만은 정읍 발언에서 얄타 회담과 모스크바 3상 회의의 결의를 취소하여 38선과 신탁통치를 없애고 즉시 독립 과도정부를 수립하자고 주장하였다. 그러나 김구를 중심으로 한 임시정부 계통의 한독당은 국민의회를 구성하여 반탁운동을 근본으로 하되 좌우합작과 남북통일을 실현하자고 주장하였다. 이에 호응하여 김규식·여운형 등 중간우파와 중간좌파가 주도하여 좌우합작 운동을 추진한다.

46년 12월 미 군정은 남조선과도입법의원(議院)을 창설하였고, 47년 6월에는 미 군정청을 남조선 과도정부라고 칭하였다. 47년 5월에 제2차 미·소 공동위원회가 열렸으나 이 무렵 미·소 냉전이 격화되면서 미·소의 의견대립으로 양측의 입장만 확인한 상태로 결렬되고 말았다.

이에 미국 정부가 47년 초부터 남한만의 단독정부 수립을 적극적으로 모색하게 되면서 한국에 대한 정책변화를 가시화하였다. 그해 3월에는 트루먼 독트린을 발표하여 냉전체제를 공식 출범하고, 6월에는 마셜 플랜을 제시하였다.

47년 7월 초까지만 해도 그나마 미·소 공동위원회는 성공적으로 비춰졌지만, 7월 19일 여운형이 암살됨으로써 좌우합작 운동은 사실상 결렬된 셈이다. 여운형은 45년 8·15 당일 밤, 자신이 이미 해방 1년 전인 44년 8월에 결성한 건국동맹을 모체로 건국준비위원회를 발족하고 스스로 위원장을 맡고, 9월에는 조선인민공화국을 결성한다. 46년부터는 김규식, 안재홍 등과 함께 통일 임시정부 수립을 향해 좌우합작 운동을 전개하였으나 이를 반대하는 세력으로부터 테러를 당했다. 민족지도자 여운형은 테러와 끈질긴 악연을 지니고 있다. 1929년 중국에 있을 때 정치테러 2차례, 1945년 8월 이후부터 1947년 암살되기까지 2년간 총 10차례의 테러를 당한다. 드디어 47년 7월 19일 서울 혜화동 로터리에서 차량으로 이동하는 도중에 백의사의 집행부장 김영철이 선정한 한지근 등 5명의 집중사격을 받고 사망한다.

백의사(白衣社. 중국 장제스의 테러집단 남의사〔藍衣社〕를 본 땀)는 45년 11월경에 월남한 청년, 학생들을 중심으로 서울에서 조직되었다. 백의사는 임시정부 재무부장 신익희가 야심적으로 조직한 '정치공작대'와 밀접한 관계가 있다. 해방 이후에 신익희는 김구와 정치 노선이 달라지면서 이승만 계열과 손을 잡고 있었다. 이승만이 아직 이화장으로 입주(47. 10. 18)하기 전 돈암장 시절에 반 이승만파로 유명한 전남도지사 서민호(미 컬럼비아대 수료)가 이승만에게 직격탄을 날렸다.

"당신께서는 여운형 암살 기도가 이렇게 여러 번 있어도 왜 철저히 범인 검거를 하라는 명령을 한 번도 내리지 않습니까."

"뭐라고요? 나더러 범인 검거령을 내리라고요? 나하고는 상관없는 일인 것입네다."

"뭐요? 당신이 임시정부 주석 아니십니까? 미 군정청에라도 의뢰하여 범인을 잡아서 처벌하여야지요."

"듣기 싫어요. 누구한테 죄를 둘러씌우려는 것입네까?"

"네, 알았습니다. '여운형 암살은 주석께서 묵인한 것이다' 이렇게 보아도 되겠습니까?"

"나는 그런 말 한 적 없어요. 묵인이라니요? 말조심해야 하는 것입네다."

하여튼 긍정도 부정도 하지 않은 것을 보고 서민호는 직감적으로 여운형의 생명이 극히 위험하다는 것을 직감하였다. 서민호는 이왕 이승만과 독대한 김에 묻고 싶은 말을 하였다.

"그리고 말입니다. 이것은 화제가 좀 다릅니다만, 새로 건립할 국가에서는 대한제국의 황가를 부활시켜야 하지 않겠습니까"

"당신 무슨 말을 하는 것입네까?(얼굴이 벌게져 화를 벌컥 내며) 그런 시대에 뒤떨어진 말일랑 해서는 안 되는 것입네다. 현대 민주주의 국가에서 어디 황가 부활이라니 말이나 되는 것입네까?"

"왜요? 오히려 민주주의의 선진국가라는 영국, 네덜란드, 덴마크 같은 나라들도 모두 황실이 있지 않습니까. 하다못해 일본도 왕이 있지 않습니까. 일본이 태평양전쟁에서 패하고서 미국에 요구한 가장 큰 조건이 일본의 황실을 살려달라는 것이었습니다. 그것이 받아들여지자 비로소 일본은 완전한 항복을 한 셈이지요. 제가 알기로는 나라에 황제나 왕이 있으면 대외관계나 국내 정치안정에 훨씬 좋은 걸로 알고 있습니다만."

"아니, 뭐가 좋다는 것입네까?"

"최고위 인사로 대통령이나 수상만 있으면 그가 무너졌을 때는 위로 아무도 없게 되는 것이지요. 대통령이나 수상은 신성도가 없는 인간이 직접 정치를 하는 사람이기 때문에 수시로 바뀔 수도 있고 쫓겨날 수도 있습니다. 그러나 바뀔 염려가 없는 황제가 있으면 위로 한 단계 더 안전장치가 있는 셈이지요. 황제는 정치는 안 하고 상징적으로만 존재하는 것이기 때문에 바뀔 염려도 없고 외국과의 외교에도 훨씬 권위가 있습니다."

"그렇게 좋다면 왜 미합중국 같은 나라가 그런 제도를 받아들이지 않는 것입네까?"

"미국에 무슨 역사가 있어서 황실 운운하겠습니까? 미국 역사란 것은 기껏 해보았자 2백 년 밖에 안 돼요. 그러나 조선(서민호는 '조선'이란 용어를 선호하였다. 그래서 훗날 광주에 대학을 세울 때도 '조선대학'이라 명명한다)은 단군왕검에서부터만 시작해도 5천 년의 역사입니다. 환인, 환웅, 치우천황까지 합하면 9천 년의 역사가 됩니다."

"당신 지금 나한테 역사교육을 시키는 것입네까? 나도 알 만한 것은 알고 있습네다. 같이 미국 교육을 받았다고 해서 말이 좀 통할까 했더니 영 안 되겠습네다."

"그럼 제가 질문을 하나 더 하겠습니다. 우리 황실과 황족들은 어떻게 대우하시겠습니까?"

"새로 독립된 민주국가에 황실이니 황족이니가 어디 있어요. 미합중국처럼 맨 위에는 대통령 하나만 있는 것입네다. 알고 보니 당신 엉뚱한 생각을 하고 있는 것입네다. 다시는 나를 찾아오지 마는 것입네다."

"알았습니다. 나와 당신과는 다시는 만날 일이 없을 것 같습니다."

　서민호는 무엇인가 굳은 결심을 한 듯 자리를 박차고 벌떡 일어섰다. 이승만을 뒤로하고 서민호는 돈암장을 나왔고, 그런 사흘 후에 여운형은 진짜 암살을 당하고 만다. 이를 증명이라도 하듯이 미군정청장 하지 중장은 얼마 전 이승만에게 정식 공문을 보내서 '귀하가 혹건의 정치적 암살'을 기도하고 있다는 고발자가 있으니 즉시 중지해 달라고 권고하였다. 그러자 이승만은 오히려 하지 중장에게 "당신은 고발자의 성함을 발로하여 철저히 조사에 편의케 해야 할 것입니다."라고 발뺌을 하였다. 미 군정청에서 찾아온 브라운 중령에게 이승만은 "나는 좌익 테러를 지시한 적이 없지만, 좌익 테러를 중지하라고 말하고 싶지도 않아요."라고 하여 거의 좌익세력은 테러를 당해도 괜찮다는 속내를 내비치고 말았다. 여운형 암살주모자 김영철은 서북청년단과 백의사를 왔다 갔다 한 인물이었다. 동시에 미국 방첩대(CIC)의 요원이기도 하였다. 요는 CIC는 미 군정청과는 다른 루트라는 것을 알 수 있다.

　여운형은 당시 한국 국민이 가장 존경하던 인물이었다. 해방정국의 1945년 10월, 잡지사 《선구》에서 서울시민 2,000명을 상대로 실시한 여론조사를 보면 다음과 같다.

4 몸부림치는 백범　163

'조선을 이끌어 갈 양심적인 지도자는 누구?'라는 질문에 1. 여운형 33% 2. 이승만 21% 3. 김구 18% 4. 박헌영 16% 5. 김일성 9% 6. 김규식 5%로 나왔고, '생존 인물 중 최고의 혁명가는 누구?'라는 질문에는 1. 여운형 20% 2. 이승만 18% 3. 박헌영 17% 4. 김구 16% 5. 김일성 7% 6. 김규식 5%로 나왔다.

여운형이 암살당함으로 이제 호랑이 없는 산골에 늑대나 승냥이들만 득실거리는 세상이 되었다. 여운형은 원래 양반 가문의 종손으로 태어났으나 기독교 사상을 받아들이면서 봉건유제를 혁파하기 위하여 신주를 땅에 묻고, 단발을 하고, 노비 문서를 불태우고, 토지를 노비들에게 나누어주고 독립운동의 장도에 오른다. 그는 중국으로 건너가 만주의 신흥무관학교 등 독립운동기지를 방문하고 해외에서 독립운동을 벌이기로 굳게 다짐한다. 그는 미국 윌슨 대통령의 '민족자결주의'에 영향을 받아 파리에서 열리고 있는 제1차 세계대전 강화회의에 조선의 독립을 청원하기 위하여 김규식을 파견하기로 한다. 독립청원의 주체가 필요했으므로 터키의 케말 파샤의 터키 청년당을 모방하여 신한청년당을 조직하여 김규식을 신한청년당의 대표로 파견한다. 또한 파리강화회의의 독립청원서 제출 사실을 알리기 위하여 일본 유학생 출신 장덕수, 이광수, 최익한을 유학생이 모인 일본 동경에 파견하여 2·8 독립선언서를 발표하도록 한다. 장덕수 등 청년들은 2·8 선언서를 가지고 다시 국내로 진입하여 손병희 등 지도자들에게 소식을 전해 3·1 독립운동을 일으키도록 계획한다. 여운형은 독립운동가가 가장 많이 집결해 있던 블라디보스톡으로 가서 독립청원 소식을 전하고 많은 운동가들이 상해로 집결하도록 권한다. 그가 상해로 돌아오는 도중에 국내의 3·1 독립운동은 폭발하고, 상해에 돌아오자마자 전 세계에 이 소식을 전하고 이어서 상해에서 대한민국 임시정부 수립 작업에 참여한다.

그러나 초대임시의정원이 된 여운형은 다수의 인사들이 조선왕실을 우대한다는 '복벽론(復辟論)'에 찬성하자 임시정부 활동에서 멀어진다. 중국대학의 축구팀을 인솔하고 동남아를 순회하기도 하는데 상해 야구장에서 일경에 체포되어 투옥된다. 복역 후에는 조선중앙일보의 사장을 맡다가 1936년 베를린 올림픽 마라톤 경기에서 손기정 선수가 1위로 들어오는 사진의 일장기를 말소해버린 사건으로 신문이 폐간되고 여운형도 사장직에서 물러난다. 조선중앙일보 주최 마라톤대회에서 발굴한 손기정 선수는 여운형 아들의 양정고보 친구였다. 그 뒤 또 예비검속으로 수감되었다가 풀려나면서 일제의 폐망이 임박했다는 확신 하에 '건국동맹'이라는 전국적인 비밀조직을 결성한다. 8·15 해방이 오자 여운형은 건국동맹을 신속히 건국준비위원회로 전환한다. 건준은 다시 신속히 조선인민공화국으로 전환하였다. 그러나 그해 9월에 진주한 미 점령군은 인공을 인정하지 않으며 상해의 임정도 인정하지 않고 오직 친일파들만 비호하였다.

그때 모스크바 3상 회의의 신탁통치 결정은 남한 사회를 뒤흔들어놓았다. 당초 미국은 5년 이상의 신탁통치를 제안했지만, 소련이 가능하다면 빨리 독립시키는 것이 옳다고 주장하여 3년 신탁통치로 합의를 보았다. 그런데 동아일보는 "소련은 미국이 반대했음에도 불구하고 3년 신탁통치를 주장해 관철했다."고 뉴욕발로 가짜뉴스를 내보낸다. 이에 이승만, 김구 등 우파 지도자들은 국민들의 분노를 선동하였다. 당장 독립이 되지 않으면 어떤 것도 받아들일 수 없다고 선언한다. 그러나 알고 보면 세 나라의 강대국이 합의한 것을 받아들이고 일정한 신탁통치를 거친 뒤 독립 정부를 수립할 수 있었다면 그것이야말로 가장 현실적인 대안일 수 있었다. 3상 회의의 방안을 받아들이지 않으면 미·소 공동위원회가 진행될 수 없었고 남북 간에 단독정부가 세워질 수밖에 없었다. 여운형이 주장한 좌우합작이 성공된다면 이승만 등 우파는 주도권을 상실하고 발붙일 곳이 없게 되어 있었던 것이다.

미국은 47년 9월에는 소련의 반대를 물리치고 한국 문제를 일방적으로 유엔에 제기한다. 47년 11월에는 유엔총회에서 유엔임시한국위원단을 구성하고, 그 위원단의 감시하에서 남북한 총선거를 실시하기로 결의한다. 47년 11월 14일에 유엔 소총회의 결의에 의하여 인구비례에 의한 남북한 총선거 실시안과 선거관리를 위한 유엔 한국임시위원단 설치안이 가결된다. 이것은 미국 스스로가 제안했던 신탁통치를 거치지 않은 한국독립과 유엔 감시하의 남북한 총선거를 통한 한국통일안이 유엔에서 통과되었음을 의미한다.

북한을 점령하고 있던 소련군 사령관은 48년 초에 활동을 개시한 유엔 한국임시위원단의 입북을 거절한다. 이 때문에 유엔 소총회에서는 선거의 감시가 가능한 지역에서만 총선거를 하기로 결의하여 48년 5월 10일에 남한에서만의 총선거가 실시되었고 5월 31일에는 최초의 국회라는 것이 열렸다. 이 제헌국회는 7월 17일에 헌법을 공포하였고, 간접선거에 의하여 초대 대통령에 이승만이 당선되었다.

이에 대응하여 북한에서는 김일성을 중심으로 '최고인민회의' 선거를 실시하여 48년 9월에 '조선민주주의인민공화국'을 선포하게 되고 소련을 위시한 공산제국이 이를 승인한다. 정부 수립을 끝낸 북한은 이어서 미·소 양군의 철수를 요구하였고, 이에 부응하여 소련은 48년 10월부터 철병을 개시한다. 남한에서는 공산세력이 준동한다는 이유로 주한미군의 계속 주둔을 요청한 바 있고, 그 때문에 미군 주둔은 잠시 연기되기도 하였으나, 49년 6월에 미국도 약 5백 명에 달하는 군사고문단만 남기고 남한으로부터 철병을 완료한다.

그때, 제주도에서는 5·10 총선거를 둘러싼 찬반 세력이 격렬히 대립하고 있었다. 남한만의 단독선거에 반대 투쟁을 벌이던 제주도민에 대한 경찰 및 우익단체의 무차별적 테러가 극심하여 도민들의 불만이 최고조에 달하고 있었다. 이러한 상황에서 서북 출신의 경찰관들이 제주에 파견되자 좌익세력은 남한만의 단독정부를 반대하고, 반미·반서북청년단 등의 구호를 외치며 민중봉기(제주 4·3 사건)를 주도하고 유격전을 벌이기 시작하였다. 이승만은 제주도민에 대한 보복정치로 계엄령을 선포한다. 미 군정청은 처음에 경찰병력을 제주에 투입하여 이를 진압하려 하였으나, 사태가 더욱 악화되자 군을 투입하여 제주도 전체를 초토화시키고 말았다. 총 희생자 14,033명(사망 10,144명, 행방불명 3,519명, 후유장애

156명, 수형자 214명)이라는 비극을 초래한다. 이렇게 하여 제주도에서는 5·10 총선거도 치르지 못하게 된다.

이런 과정에서 여수 순천 반란사건이 터진다. 이는 48년 10월 20일, 전남 여수에 주둔하고 있던 국군(당시 국방군) 제14연대가 일으킨 사건이다. 5·10 총선거를 반대하여 일어난 제주 4·3 사건이 확대되어 가자 정부에서는 제14연대의 1개 대대를 제주도로 출동시켜 이를 진압하려고 하였다. 그러나 제14연대 안에 있던 지창수 상사(연대 선임하사관. 병사소비에트 소속), 김지회 중위(연대 작전참모 보좌관. 북측 공작원) 등 좌익세력들은 제주도 출동을 거부하고 단독정부 수립 반대와 조국 통일을 내세우며 반란을 일으킨다.

그들은 제주도로 가서 정부군과 대립할 것인가, 육지에서 대립할 것인가를 의논한 결과, 만약 제주도로 가서 반란을 일으키면 고립된다는 것을 알고 여수에서 봉기하게 된다. 이때 14연대 대위였던 박정희는 남로당 군사총책 간부(군사부장)였다. 박정희는 '대구 10·1 사건'으로 형 박상희가 경찰에 의해 피살되자 그에 대한 복수심과 형의 친구 이재복(남로당 군사부 총책. 원래 경북 연천 중앙교회 목사)의 권유로 남로당에 가입했다. 박상희는 46년 선산(善山) 인민위원회 내정부장으로, '대구 10·1 사건' 때 미 군정하에 시달리던 2천여 명의 민중과 함께 구미경찰서를 습격하고 모든 기능을 '인민위원회'로 이양하라고 요구한다. 그는 민중들과 함께 무기탈취, 양곡 135가마 탈취, 선산면사무소 및 선산군청 습격 등을 하다가 경찰 총격에 사살된 자이다.

여순사건의 책임자로 박정희도 체포되나 그는 놀라운 생존전략을 발휘한다. 그는 연행되자마자 자기가 알고 있는 군부 내 남로당 조직체계와 명단을 고스란히 숙군작업을 주도하고 있는 김창룡에게 제공함으로써 면죄부를 받는다. 박정희와 함께 여순반란사건의 진짜 주모자 이재복도 체포되는데, 이재복은 46년 대구 10·1 폭동의 주모자이기도 하다. 대구 폭동사건의 두 주모자는 바로 당시 해주에 있던 남로당 당수 박헌영과 현지 대구에 있었던 남로당 군사총책 이재복 목사였다. 이재복은 48년 제주 4·3 사건 때도 군사부원 이중업을 대동하고 강문석과 같이 제주도에 잠입하여 제주도 폭동 주모자 김달삼을 집중 지도한 인물이다.

김창룡의 숙군작업은 이재복이 체포되어 넘겨준 500여 명의 남로당 핵심 당원의 명단과 이재복의 비서 겸 군사연락책 김영식이 체포되면서 급물살을 타게 된다. 김창룡의 숙군수사 팀은 김영식을 통해 군대 좌익세포 명단을 통째로 입수하게 된다. 덕분에 당시 숙군작업으로 남한 국군 중 5%에 해당하는 4,700여 명을 빨갱이로 몰아 처벌하고 수백 명을 총살형과 징역형에 처한다. 이로써 군부 내의 남로당 핵심조직이 와해되어버리고 만다.

그때 제14연대는 인민군을 편성하고 여수 읍내로 진격하여 여수 시가지를 장악하는 한편, 여수를 해방구로 삼고 순천에 이어 구례·남원·곡성·보성·화순·광주·광양·하동 등으로 진출하였다. 정부는 육·해군의 합동작전으로 여수를 탈환하고 반란군을 진압하는데, 이 과정에서 여수·순천 지역은 사망자 2,334명, 부상자 2,050명, 실종자 4,318명 등 수많은 인명피해와 재산피해를 내고 진압된다. 이승만 정부 수립 2개월 만에 겪은 이 사건으로 이승만은 오히려 철권통치와 반공주의 노선을 강화함과 동시에 숙군 작업을 무난히 해내게 된다.

2

처음 1948년 초에 백남운(역사학자, 《조선사회경제사》의 저자)은 비밀리에 남하하여 홍명희(소설가, 《임꺽정》의 저자)를 만나서 통일 정부를 수립하도록 하자고 제의한 바 있다. 홍명희는 이러한 제의에 동의하고 김규식에게 연락하여 동의를 받아냈고, 김규식은 김구와 협의하여 김일성과 김두봉에게 남북 요인회담을 제안하는 서한을 보내자고 의견일치를 본다. 김구, 김규식은 48년 2월 9일에 유엔 조위(조선임시위원단) 메논(인도인) 의장에게 남북 요인회담 알선을 탄원하고, 또 북한의 스티코프 장군에게 김일성, 김두봉 양 씨와 함께 남한에 왕림하여 남북 요인회담을 하여 달라는 서

신을 보냈으나 답신을 받지 못한다. 김구는 2월 10일 '삼천만 동포에게 읍고(泣告) 함'이란 성명서를 발표하여 "나는 통일된 조국을 건설하려다가 38선을 베고 쓰러질지언정 일신의 구차한 안일을 취하여 단독정부를 세우는 데는 협력하지 않겠다."고 결사의 의지를 표명한다. 김구는 북한을 가기 이틀 앞둔 17일에는 "나는 어떠한 모욕과 모략을 무릅쓰고라도 오직 우리의 통일과 독립의 활로를 찾기 위하여 피와 피를 같이한 동족끼리 마주 앉아 최후의 결정을 보려고 결단코 가련다. 민족의 정기와 단결을 위하여 승패를 불문하고 피와 피를 같이한 곳으로 독립과 활로를 찾으러 나는 가련다."라고 하여 듣는 사람들의 간담을 서늘하게 한다.

무슨 일이 있어도 반쪽 정권이 세워져서는 안 된다는 김구, 김규식 등 소위 남북 협상세력에 대하여 미 군정청은 물론 국내 우익 청년단체, 기독교 단체, 학생들까지 김구 일행의 북한행을 반대 저지하였다.

그러나 김구는 49년 4월 19일에서 23일까지 평양에서 열린 정당, 사회단체 연석회의에 참석하고 이와는 별도로 소위 '4김 회의(김구, 김규식, 김일성, 김두봉)'를 열자는 데 합의한다.

김구는 4월 19일에 출발하고 김규식은 4월 21일에 출발하게 되는데, 김구가 출발하는 19일 아침 일찍 아들 김신(金信)과 선우진 비서(정식 명칭은 임정내무부 경위대원)만 데리고 북한행 채비를 하고 있었다. 그런데 갑자기 경교장 앞마당은 김구 자신이 이끄는 한독당 인사들을 선두로 서북청년단 청년들, 월남한 기독교 단체 사람들, 부인회 단체 여성들, 황해도의 고향 사람들, 전국학련 학생 등 5백여 명이 웅성거리고 있었다. 그 안에는 일찍이 상해임시정부에서 같이 활동하고 105인 사건으로 서대문형무소에서 같이 옥살이를 하던 도인권 목사도 있었는데 그는 한독당의 옹진지구 책임자였다. 임시정부 시절에 김구 주석 휘하에서 독립군 총사령으로 활동하던 이청천도 있었는데, 그는 대동청년단장으로 이승만과 노선을 같이하고 있었다. 전국 유림의 좌장이며 성균관대학교 설립자 겸 총장인 김창숙도 있었다.

　그런데 김구 일행이 출발하려는 순간 갑자기 젊은 학생들이 와락 달려들어 바퀴 밑에 드러누웠다. 자기들을 깔아뭉개기 전에는 못 간다는 것이었다. 김구는 자동차에서 내려 경교장 2층 베란다로 뛰어 올라가 군중을 향해 사자후를 토하였다.

　"네놈들은 왜 여기 있는 거야. 한 번 간다고 내가 결심한 것은 누가 말려도 쓸데없어. 북조선의 공산당이 나를 미워하고 스탈린의 대변자들이 나를 시베리아로 끌고 가도 좋다. 북조선의 빨갱이도 김일성이도 다 우리들과 같은 조상의 피와 뼈를 가졌다. 그러니까 나는 이 길이 마지막이 될지 어떨지 몰라도 나는 이북의 우리 동포들을 만나보아야겠다. 나의 길을 막지 마라. 내가 가서 공산당에게 붙들려 죽는다 해도 무슨 대수인가? 이제 무슨 여한이 있어서 죽기를 두려워하겠는가. 나 김구는 칠십 평생을 잘하나 못하나 독립운동을 해왔다. 이제 마지막 독립운동을 하려는데 왜 길을 막는가. 내가 기필코 이북을 가려는 것은 우리는 절대 분단된 국가가 되어서는 안 된다는 것 하나이다. 해방된 조국에서 두 동강이가 웬 말인가. 두 동강이가 나려면 패전국인 일본이 나야지 승전국인 우리가 왜 두 동강 나야 되는가. 나의 가는 길을 막지 마라. 나는 반드시 북조선을 갈 것이다."

그러나 군중도 막무가내로 나왔다. 군중은 자동차 바퀴의 공기 마개를 뽑아버리고 전혀 흩어질 기미를 보이지 않았고, 그런 사태는 점심때까지 계속되었다. 저지하는 세력은 두 부류였다. 한 부류는 진심에서 김구의 신변 안위를 걱정한 사람이었고 또 한 부류는 분단을 찬성하는 극우파들이었다. 당시 해방정국의 한국인은 사회주의를 선호하는 비율이 70%를 넘어서고 있었다. 1946년 8월에 미 군정청 여론국이 8,453

명을 대상으로 실시한 사회체제에 대한 선호도 여론조사에서 자본주의 14%, 사회주의 70%, 공산주의 7%, 모른다 8%로 나타났다. 즉 좌익이념의 선호도가 사회주의와 공산주의를 합하면 77%나 된 것이다. 단 공산주의와 사회주의의 정확한 차이는 잘 모르지만, 공산주의는 급진적 개혁이고 사회주의는 단계적 개혁이라는 것 정도는 알고 있었다. 어떻든 해방정국의 한국인의 성향은 자본주의적인 우익만은 아니었다. 때문에 온건사회주의자 여운형이 결성한 조선인민공화국은 사실상 당시 한국인의 성향에 가장 근접한 것이었고 그러기 때문에 그가 정부 기능을 수행하고 있는데도 별 저항의식이 없었던 것이다. 조선인민공화국의 하부조직인 인민위원회는 1945년 11월 현재 3개 군, 13개 면을 제외한 남북한 전역에서 실시되고 있었다. 특히 지식인이라면 거의 전부가 자본주의보다는 사회주의를 선호하는 것이 대세였다. 그러나 오늘 경교장에 온 군중은 성질이 달랐다.

  선우진 비서가 무슨 지혜를 발휘하지 않으면 아예 떠날 수도 없는 상황이었다. 선우진은 수리를 맡겼던 김구의 다른 승용차를 경교장 뒷담 너머의 석물공장에 경비경관도 눈치채지 못하게 대기시키라 하였다. 오후 2시가 되어서 김구와 아들 신을 모시고 슬그머니 뒷담을 넘어 석물공장에 이르렀고 급히 엔진을 밟아 출발하게 하였다.

　김구 일행이 떠나자 뒤를 이어 민주독립당 대표 홍명희와 한국독립당의 조완구, 엄항섭, 조소앙 등이 출발했고, 21일에는 김규식과 민족자주연맹의 대표자들도 서울을 출발했다. 이에 앞서서 벌써 4월 9일에는 80명에 달하는 남조선노동당과 남조선 민주주의 민족전선 대표자들이 이미 평양으로 출발했었다.

　김구, 김신, 선우진 세 사람을 태운 자동차는 북으로 북으로 달려가고 있었다. 산과 들이 차창 너머로 스쳐 지나가고 흰 구름이 무심코 떠 있을 때면 세 사람은 자신도 모르게 같이 고개를 돌리곤 하였다. 산천은 의구하되 인걸은 바뀌었는데 오늘 이 정국을 잘 헤쳐 나가지 못하면 또다시 자주권을 잃은 허깨비 나라가 되어 일제 36년보다 두 배, 세 배, 열 배의 고통이 올지 모르며 어쩌면 조선이라는 나라가 지구상에서 사라질지도 모른다. 그래서 국가는 어떤 일이 있어도 힘 있는 자주독립 국가여야만 하는 것이었다.

　김구가 우리 임시정부를 도와주고 광복군을 훈련시켜준 장제스의 후중난(胡宗南) 장군을 찾아 시안(西安)을 갔을 때 일본의 항복 소식을 들었다. 후 장군은 마침 출타 중이었고 그것을 안 성 주석(省主席) 주사오저우(祝紹周)가 저녁 초대를 했다. 이번 시안을 간 것은 시안에서 훈련받고 있는 우리 광복군 OSS(미국전략첩보대) 대원을 제1차로 본국으로 보내고 그 길로 푸양(阜陽)으로 가서 거기서 훈련받은 광복군 OSS를 제2차로 떠나보낸 후 충칭 임정청사로 돌아가려던 참이었다. 주 주석과 식사가 끝나고 후식으로 수박을 먹고 있는데, 전령의 말을 듣고 전화실로 갔다가 돌아온 주사오저우는 "일본이 항복한다."는 청천벽력 같은 소식을 전했다. 김구는 "일본이 항복한다고? 큰일 났구나!" 자기도 모르는 사이에 한 마디 소리를 지르고 들고 있던 수박을 땅에 떨어뜨리며 찻잔도 넘어지고 말았다. 김구는 전신에 힘이 빠지며 자기도 모르는 사이에 땅바닥에 덥석 주저앉고 말았다. 잠시 후에 온갖 설움이 한꺼번에 몰려왔고 김구는 드디어 소리를 내어 오열하며 주먹으로 바닥을 내리치며 울었다.

우리의 힘으로 승전국이 되었어야 하는데 미국이 원자탄을 떨어뜨려 해방이 됐으니 이 일을 어찌하면 좋단 말인가. 우리의 힘으로 국내의 읍성 하나만이라도 점령하고 있었더라면 그래도 발언권이 있을 텐데 아무것도 하지 못하고 도망만 다니다가 해방을 맞이하고 말았구나.

임시정부가 미국과 함께 조선 본토 침공 작전계획을 짰던 이번의 광복군 OSS특수부대만 성공을 했어도 이렇게 억울

하지는 않을 텐데…. 김구의 지시를 받은 광복군 제2지대장 이범석은 쿤밍(昆明)에 주재하고 있던 미군 제14항공대 간부 쉬노우더를 만나고, 다시 44년 가을에 충칭(重慶)의 주중 미군 사령관 웨드마이어 중장을 만나 한·미 합작에 대한 합의를 보았다. 45년 2월에는 김학규 광복군 3지대장이 미군 제14항공단 사령관인 첸놀트 장군을 만나 한·미 공동작전을 설명하고 "한·미 양군은 공동의 적인 일본군을 박멸하기 위하여 상호 협력하여 공동작전을 전개한다."는 구체안에 합의했다.

45년 5월부터는 김학규가 엄도해, 윤영무 등 22명을 적격자로 선발하고 시안과 푸양에서 미군용 군복과 보급품을 지급받고 훈련을 시작했었다. 디데이(D-day)는 45년 8월 29일 경술국치일(한일 합방)이었다. 광복군은 산둥반도에서 미군 잠수함을 타고 본국으로 진입하여 각종 공작과 파괴 활동을 개시하고 무기는 미국 육군성에서 운반해 주기로 약속을 받았다. 비록 초기 22명과 추가인원 50여 명 등 일개 대대 병력도 안 되지만 이 병력이 하다못해 낙하산이라도 타고 본토 진입만 해보았어도 덜 억울했을 텐데… 일본의 항복이 한 달만 늦었어도 기회는 왔는데….

불란서 레지스탕스는 파리 입성 때 기어코 유엔군의 선봉대를 맡았다. 입성하면서 친독분자라고 생각되는 자국 국민들을 즉결처분한 것이 9천여 명, 파리 입성 후 재판에 의하여 사형을 집행한 나치부역자 2천여 명, 유죄판결로 투옥시킨 자 4만여 명이다. 이후에도 특별법을 만들어 친독분자들은 시간과 공간을 초월하여 영원히 처벌할 수 있게 만들었다. 전체 불란서인의 5%를 유죄판결하였던 것이다. 그러니 그들에게는 강한 발언권이 있을 수밖에 없다. 단 4년간 독일에 점령당한 상처를 그들은 그렇게 철저히 도려냈다.

우리는 일제에 36년간 점령당했으면서도 단 한 명의 친일파도 처단하지 못했다. 하지 중장은 오히려 친일파를 등용해 군정을 하고 있고 이승만은 친일파와 손잡고 단독정부를 만드는 중이다. 아아, 이를 어찌하면 좋으리. 이번에 친일 매국노를 처단하지 못하면 이 뒤로 국가가 위기에 닥쳤을 때 지금보다 더 많은 매국노가 우글거릴 것이다. 매국노가 처단되는 모습을 보아야 애국을 하는데 매국노가 우대받는 모습을 본다면 어찌 매국노가 나오지 않겠는가?

중국도 국민당 정권하에서 재판한 한간(漢奸. 친일매국노) 관련 안건은 약 25,000건이나 되었다. 그중 369명이 사형, 979명에 유기징역, 14명에 벌금형이 내려졌다. 국민당 정부가 대만으로 쫓겨 간 후 빗겨나갔던 자들을 마오쩌둥 인민 정부는 재조사하여 십 수만 명을 다시 처벌하였다. 네덜란드도 1945년 10월 15일 현재 나치 협력자로 수감된 자가 96,044이나 되었다. 그중 154인에게 사형이 선고되었고 39명이 사형 집행되었다. 무기징역은 148명, 15-20년 징역형은 578명, 10-15년 징역형은 4,589명, 10년 이하의 징역형은 531명이나 되었다.

아버지가 무슨 생각에 골몰하고 있는 모습을 본 신이 고개를 들어 김구에게 물었다.

"아버님, 아버님께서 김일성을 만난다고 단독정부가 이루어질까요?"

"쉬운 일은 아니다. 그러나 진인사대천명이니 내가 할 수 있는 일은 다 하고 천명을 기다리는 수밖에 없지 않겠느냐."

"우남(이승만)의 말도 일리가 있지 않습니까. 이북을 가보았자 이용만 당하고 아무런 소득도 없을 것이라는 말씀 말입니다."

"그렇지는 않다. 우남도 독립운동을 했다면 한 사람이지만 노선은 분명히 틀린 노선이다. 그 사람은 단독정부 건립만 머리에 가득하고 미국만 하늘처럼 믿는 사람이다. 우리는 지금 우리 손으로 무엇을 이루어야지 다시 남을 믿어서는 큰일이 난다."

"그래도 공산국가가 되는 것보다 낫지 않겠습니까?"

"통일 정부가 되면 공산국가가 되리라는 공식은 어디에도 없다. 그것은 타협해서 세울 국가이기 때문에 최선의 길을 우리가 선택할 수 있다. 설사 우리가 원하는 체제가 아닐지라도 이념이라는 것은 민족주의의 입장에서 보면 참으로 아무것도 아니니라."

"그래도 지금 사회주의다 자본주의다 하면서 목숨을 걸고 있지 않습니까?"

"민족주의라는 태산 앞에서 이념은 한 톨의 돌멩이에 지나지 않는다. 만약에 이념상 잘못된 선택을 하였다면 뒤에 이념을 바꾸면 되는 것이다. 주체적인 독립국가만 이룬다면 어떤 체제인들 바꾸지 못하겠느냐. 단 누구의 지배를 받는다든지 간섭을 받는 국가가 되어서는 아무것도 제 마음대로 되는 것이 없다."

"민족주의는 시대에 뒤떨어진 생각 아닙니까?"

"그렇지 않다. 모든 잘난 나라들은 민족주의에 성공한 나라들이다. 미국은 링컨을 축으로 청교도민주주의라는 민족주의에 성공했고, 중국은 있지도 않은 중화민족의 위대성을 만들어 중화사상이라는 민족주의를 성공시켰다. 일본은 우리가 전한 신교를 축으로 천황 중심의 민족주의를 만들어냈다. 우리는 그들보다 역사도 더 깊고 민족적 자산도 더 풍부하련만 내 사상을 만들어내는데 실기하고 있구나."

이때 길이 좁아지자 갑자기 가까운 수풀 속에서 장끼 한 마리가 퍼드득 하늘로 솟아오른다. 급브레이크를 밟는 통에 차가 기우뚱하였고, 어느덧 바싹 뒤따르던 기자들의 차도 급브레이크를 밟았다. 다시 차는 서서히 움직였다.

김구는 온화한 얼굴로 신을 돌아보며 감개무량해 하였다. 상해 마당로(馬當路) 4번지 빈민가 임시정부 청사에서 김구는 신의 종아리를 걷으라 하였다. 신은 지은 죄가 있어서 아무 말 없이 종아리를 걷었다. 김구는 국기봉을 들고 종아리를 후려쳤다.

"이놈, 이 못난 놈, 그래 대학을 떨어지면 어쩌자는 거냐."

김구는 또 종아리를 후려쳤다.

"너 하나만은 잘 가르쳐 보려 했는데, 나라의 동량을 만들어보려 했는데, 다 틀렸구나. 이놈."

이때 밖에서 문을 두들기는 소리가 들렸다. "김구 선생 계신가?" 하는 소리에 "누구세요." 하며 잠깐 매를 놓고 나가보니 차오따중(曺大中) 장군이었다. 손님을 맞이해 놓고 김구는 "잠깐만 기다리게. 아들 훈육을 시키는 중이네. 이놈이 글

쎄 대학시험에 떨어지고 말았네그려. 이제 군대나 보내야겠네." 하면서 또 매를 들어 종아리를 때렸다. 이때 차오따중은 얼른 매를 빼앗았다. "이 사람 이게 무슨 짓인가. 말로 해도 충분히 알아들을 나이가 되었네. 이제 그만하게. 신은 어서 나가 보거라."하자, 신은 종아리를 내리고 조용히 두 분께 인사하고 밖으로 나갔다.

"여보게, 대학은 꼭 북경대 청화대만 대학이 아니네. 다른 대학도 얼마든지 있어. 신이 대학을 떨어진 것은 어쩌면 조선을 위하여 잘된 일인지도 모르네. 지금 공부가 뭐가 그리 중요한가. 조선은 이 뒤로 모든 군사 지식이 절실히 필요할 걸세. 그중에서도 공군의 중요성을 뼈저리게 느낄 걸세. 공군에 보내면 어떨까?"

"듣고 보니 그렇기도 하네만."

그래서 김신은 대학은 국립서남연합대학 철학과에서 대충 학력만 갖추고, 부친의 뜻에 따라 중화민국 공군군관학교를 졸업하고 미국 텍사스주의 랜돌프 공군비행학교까지 졸업했다. 덕분에 한국에서 너무나 절실한 공군의 제1인자가 되었고 작년(48)에 국군 창설에 지대한 공로를 세웠다.

차오따중은 장제스의 부탁을 받고 가끔 임시정부에 들려 보고 상황보고를 하는 사람이었다. 비록 장제스의 부탁을 받고 오긴 하지만 김구의 동생 겸 친구가 되어 사담도 나누고 국가지사도 허심탄회하게 이야기하는 사이가 되었다.

"나도 퉁(彤)이라는 아들을 하나 얻었네. 아직 어리지만 나는 이 아이에게 마음껏 자유를 주려고 하네. 그래도 나중에 다 한몫을 하더라고."

"알았네. 알았네. 장 총통은 무사하신가?"

"그럼, 건재하시지. 단 공산당과의 관계가 문제일세. 지금은 국공합작으로 같이 항일전을 벌이고 있지만, 결국엔 공산당과의 한판 승부를 겨뤄야겠지. 어쩌면 한국도 중국과 같은 처지가 되지 않을까?"

"아닐세, 중국은 공산당과 피를 흘리고 싸운 적이 있지만 한국은 공산당과 피를 흘리고 싸운 적이 없어. 합작해서 통일을 이루지 못할 이유가 전혀 없네."

"꼭 그렇게 되기를 바라네. 그러나 공산당은 쉽게 보아서는 안 되네. 우리 중화민국과 힘을 합해서 공산당을 쓸어버리세그려."

"하하하, 우리는 아직 공산당과 싸우지 않는데도 그러네."

그런데 차오따중의 우려가 지금 현실로 나타나려 하고 있다. 어쩌면 차오따중은 그때 벌써 한국의 미래를 보고 있었는지도 모른다. 차오따중은 실은 일본 육사를 졸업한 사람이다. 장제스는 그런 인재들을 노골적으로 중용하여 군사 요직을 맡게 하였다. 우리의 임시정부가 상해에 있었듯이 중국의 혁명 본거지(임시정부)는 일본에 있었다. 그 때문에 일본의 많은 협조를 받은 전력이 있는 중화혁명당과 그 뒤의 국민당은 항일을 하는 데 한계가 있었다. 공산당의 입장에서 항상 국민당의 항일태도가 마음에 안 든 이유가 거기에 있었던 것이다.

중화민국의 국부(國父) 쑨원(孫文)은 1894년 하와이 호놀룰루에서 흥중회를 조직하고 이듬해인 95년에 광저우(廣州)에서 첫 거병을 하였으나 실패하고 일본으로 피신한다. 1905년에 일본 동경에서 유학생, 화교들을 중심으로 중국혁명동맹회를 결성하여 반청(反淸) 혁명 운동을 다시 전개한다. 그때 일본 여성과 결혼하고 많은 일본인으로부터 지원을 받는다. 1911년 쑨원은 남경에서 신해혁명을 크게 성공시킴으로써 1912년 1월 1일에는 중화민국 임시총통에 부임한다. 그러나 북양군벌의 거두인 위안스카이(袁世凱. 전 주찰조선총리)와 타협하여 그에게 대총통직을 넘겨주었다. 같은 해 제2차 신해혁명에 실패하고 다시 일본으로 망명하여 이듬해에 중화혁명당을 조직하여 반원(反袁) 운동을 계속한다. 1917년 광저우에서 군정부를 수립하고 대원수에 취임하며 1919년에 중화혁명당을 개조하여 중국국민당을 결성한다. 중산(中山)이라는 그의 호는 1895년 30세의 나이로 일본에서 사용하던 가명 나카야마 키코리(中山樵)에서 유래한다.

쑨원은 대륙낭인 흑룡회(黑龍會)의 두목 도야마 미쓰루(頭山滿)의 도움을 많이 받았다. 그때 일본에 정치적 망명을 한 아시아의 지도자는 김옥균, 쑨원을 비롯하여 영국 총독 살해에 실패하고 일본에 망명한 인도의 라쉬 비하리 보스(Rash Behari Bose)와 베트남의 항프랑스 운동의 지도자 판 보이 차우(Phan Boi Chau. 潘佩珠) 등이 있었는데 모두 흑룡회가 물심양면으로 돕고 있었다. 흑룡회는 최초의 정한론자(征韓論者)인 요시다 쇼인(吉田松陰)의 후예인 일본 낭인의 대부 도야마 미쓰루가 1881년에 설립한 현양사(玄洋社)를 효시로 한다. 명치유신으로 해체당한 사족(士族. 무사계급)의 불평분자들이 국가와 밀약으로 뒷돈을 받아 조직한 국가주의 야쿠자 집단이다.

한국의 동학혁명 때 부산에서 결성한 우치다 료헤이(內田良平) 등의 천우협(天佑俠)은 현양사의 지류였다. 국모 명성황후를 살해한 도 가쓰아키(藤勝顯) 역시 천우협 소속이다(일본 후쿠오카 쿠시다〔櫛田〕신사에는 명성황후를 살해한 120cm의 일본도가 전시되어 있다). 도야마는 일생동안 어떤 공식적인 직함도 갖지 않았지만, 그 영향력은 어마어마하였다. 우치다 역시 어떤 공직도 없이 막후에서 막대한 힘을 가지고 정치 활동을 하는 인물이다. 우치다는 1905년 이토 히로부미가 초대 통감으로 조선에 부임할 때 참모로 다시 조선에 온다. 그는 대표적 친일단체인 일진회에 막대한 자금을 대어주며 한·일 합방을 순종에게 건의하게 하는 막후 조정 역할을 맡았었다.

쑨원이 2차 신해혁명에 실패하고 일본에 망명하던 993일간은 도야마가 각별한 후원자가 되어주었다.

"도야마 선생, 이렇게 물심양면으로 도움을 받으니 감사하기 이를 데 없습니다. 큰 나라가 작은 나라에 이렇게 많은 신세를 질 줄이야 어찌 알았겠습니까."

"어느 나라가 크고 어느 나라가 작습니까. 나라의 영토가 크고 작은 것으로 나라의 대소를 말하는 것은 옳지 않습니다. 그것이 지나(支那. 일본이 China를 음역해서 부르던 이름) 인의 고질적인 병폐지요. 스페인은 나라가 커서 남미를 다 점령하였습니까. 영국은 나라가 커서 인도를 식민지로 삼았습니까. 일본이 나라가 커서 일·청 전쟁, 일·로 전쟁에서 중국을 이기고 러시아를 이겼습니까?"

"그렇고 보니 그러네요."

"황국은 항상 지나를 동생 취급해 왔지요. 성덕태자께서도 수양제에게 국서를 보내면서 '해 뜨는 나라의 천자가 해 지는 나라의 천자에게 안부를 전하노라.' 하지 않았습니까?"

"아, 그렇습니까?"

"황국은 지나가 필요하다면 많은 도움을 줄 수 있습니다. 애로사항이 있으면 무엇이나 허심탄회하게 말씀하세요."

"현재 우리의 급선무는 만청정부를 타도하는 것입니다. 일본이 만청정부를 타도하는 데 일익을 담당해 주신다면 조선 정도는 일본이 차지하는데 이의가 없습니다."

"아, 그래요? 하하하하."

쑨원의 조선을 일본이 차지해도 좋다는 말은 전에 호놀룰루의 흥중회 연설에서 했던 내용과는 다르다. 그때는 "고대를 회복하고 중화를 공고히 하자(恢復高臺, 鞏固中華)."를 캐치프레이즈로 삼았다. 이 고대(高臺)라는 말은 고려(조선)와 대만을 말한다. 동학혁명을 진압하러 조선에 온 청국과 불청객 일본은 조선 내에서 청·일 전쟁을 벌인다. 청·일 전쟁에서 승리한 일본은 조선에서 청국 군을 몰아내고 조선을 차지하며 대만까지 할양받았었다. 그때 자기의 번속인 조선과 대만을 일본이 빼앗아 갔으니 그것을 다시 회복하겠다는 것이었다. 그러나 쑨원이 이번 2차 혁명에서 실패하고 다시 일본에 망명하여서는 만청정부만 타도하는데 협력해 준다면 조선(과 대만)을 포기할 수 있다는 것이었다.

쑨원은 일본에 대하여 아주 호의적이다. 그가 창제했다는 중산복(中山服)도 일본의 가쿠란(學蘭. 화란식의 학생복)을 보고 모방한 것이며 북한의 인민복은 이 중산복을 본 따 만든 것이다.

장제스는 1906년 4월에 북경 인근의 보정(保定) 군관학교에 입학하여 군사교육을 받았고 그다음 해에 일본 육군사관학교에 유학하여 1909년 5월에 제21기로 졸업한다. 일본에서 그는 다른 유학생들과 같이 봉건 청조에 반대하고 중국에 새로운 공화국을 세우고자 하는 열망으로 쑨원의 중국동맹회에 가입했고, 1909년부터 1911년까지 일본제국군에서 복무한다. 1924년 쑨원의 명으로 황포군관학교를 설립하여 초대 교장을 맡으며 많은 학생들을 배출하고 군사 간부를 양성하여 자신의 인맥을 쌓고 1925년 3월 쑨원이 사망한 이후 국민당을 장악하였다. 1927년 4월에는 상해 쿠데타를 일으켜 공산당을 축출하고 1928년 북경을 점령하여 북벌 완수를 선언했다. 장제스의 자로 쓰이는 중정(中正)은 1913년에 쑨원의 중산을 본떠서 두 번째로 바꾼 그의 이름에서 유래한다.

3

  선우진은 김구 부자의 진지한 이야기에 끼어들지 않다가 평소에 알고 싶었던 질문을 해보고 싶었다.
  "선생님, 통일된 국가가 과연 가능할까요. 우리가 설사 의견일치가 되어 남북이 통일된 국가를 이루려고 해도 미국이나 소련이 가만둘까요."
  "그들이 아무리 통일을 못 하게 해도 우리의 의지만 뚜렷하면 누구도 어쩌지 못하는 법이네. 단 민족적 변절자가 나오면 어려워지지. 미·소 어느 한 나라에 빌붙어 분할만이 최선이라고 우겨대면 지난한 일이 되고 말 것이네. 가장 무서운 적은 미·소가 아니고 바로 그 부화뇌동하는 세력이야. 가장 무서운 적은 항상 내부에 있지."

"중국은 허잉친(何應欽) 장군이 일본에게 항복문서를 받고 대만도 천이(陳儀) 장군이 항복문서를 받았는데 우리는 왜 우리가 항복문서를 받지 못하고 미군이 받았습니까?"

"철천지한이 되는 일일세. 우리는 항복을 받을 나라도 없었고 그런 공과를 세우지도 못했다네. 힘이 없는 나라는 나라도 아닌 게지."

"이러다 우리는 또 외국의 식민지가 되는 것 아닙니까?"

이 말을 듣고 있던 김신이 대뜸 끼어든다.

"그러기야 하겠어요? 해방된 마당에 식민지라니요."

"잘못하면 식민지가 될 수도 있다. 식민지란 반드시 일제 식민지 같은 것만 식민지가 아니고 식민지의 종류는 여러 가지가 있다. 경제적 식민지도 있고, 군사적 식민지도 있고 심지어는 약초 식민지도 있단다. 약초 식민지는 마약 같은 약초만 심어서 수확해 가져가는 것이다."

"네?"

선우진과 김신은 자기들의 생각이 거기까지는 미치지 못했다는 듯이 동시에 놀라는 표정이다. 김구는 하던 이야기를 계속했다.

"군사 식민지나 약초 식민지 같은 경우는 일반 국민이 별

고통을 느끼지 못하기 때문에 그 나라의 말만 잘 들으면 배불리 먹고 살 수도 있다. 그러나 어떤 형태든 일단 식민지가 되고 나면 뿌리는 썩고 있는 것이다. 독립된 국가는 비록 가난할지라도 뿌리가 튼튼하기 때문에 결국에는 건강하고 강한 나라가 될 수 있다. 나의 평생의 소원은 우리나라가 완전 자주독립 국가가 되는 것이다. 남의 눈치 보지 않고 내 스스로 모든 것을 결정할 수 있는 나라가 된다면 어떤 국가인들 만들지 못하겠느냐."

"그럼 우리가 완전 자주독립 국가가 되지 않을 수도 있단 말씀입니까?" 선우진이 정색을 하고 묻는다.

"그렇다네. 어쩌면 지금이 우리나라 9천 년 역사에서 가장 큰 위기인지도 모르지. 나는 동학혁명 때 18세의 나이로 팔봉(황해도) 접주로 농민군을 이끌고 남하했지. 소위 조·일 연합군과 싸우다가 실패하고 상해로 가서 임시정부에 참여했지. 그때 동학혁명이 실패한 1895년이 실지 우리가 일본에 합병된 해라고 보는 것이 옳을 걸세. 청·일 전쟁으로 일본이 청국을 이기고 우리 동학혁명군 20만 명을 학살하고 맺은 시모노세키 조약으로 대만을 할양하고 조선을 '자주독립국가'(시모노세키 조약 제1조)를 만들어준다는 미명 아래 청국에서 떼어내서 일본이 차지한 것이지. 그런데 지금은 일본은 물러

났지만 그보다 몇 배 더 큰 나라들이 우리 국토 안에 들어와 있어. 이들을 어떻게 슬기롭게 몰아내야 할지. 나는 '유지경성(有志竟成)'이란 말을 좋아하네. 뜻을 세우면 반드시 이루어진다는 말일세. 잘 되겠지. 잘 되어야 하고말고."

"네, 저도 긍정적으로 생각하겠습니다. 우리는 너무나 많은 역사적인 잘못을 저지르고 살아온 듯합니다. 우리도 일본처럼 일찍 개국만 했어도 이렇지 않았을 것 아닙니까?"

"그렇지. 서양의 물질문명이 동양의 문을 두드린 것은 거의 같은 시기였지. 그러나 일본은 완전히 문호를 개방하였고 중국은 절반쯤 개방하였고 우리는 완전히 문을 닫아버리고 말았지. 미국의 제너럴셔먼호가 대동강을 거슬러 올라왔을 때(1866.8) 우리는 통상을 시작했어야 했어. 그 뒤 병인양요, 신미양요 때도 물리칠 것이 아니고 손을 잡고 그들의 선진기술을 빨리 수용했어야 했지. 그러나 '과이불개(過而不改)하면 시위과의(是謂過矣)라', 과실을 저지르고 고치지 않으면 그것이야말로 과실인 게지. 사람이나 국가나 실수는 다 있을 수 있으나 나중에 그것이 실수인 줄 알았으면 빨리 고치면 되는 거야. 알면서도 잘못을 고치지 않으면 그것이야말로 진짜 실수인 것이지. 우리는 그 뒤로도 얼마든지 기회가 있었고 실은 지금도 기회는 있지. 그러나 우리는 지금도 고치려들지 않고 있네."

"선생님, 어떤 공부를 해야 나라의 방향을 잡을 수 있을까요?"

"역사를 공부해야 돼. 역사에서 배우지 못한 민족은 불행하지. 역사에는 모든 해답이 다 들어 있으니까. 역사를 알면 우리가 얼마나 위대한 민족이었나를 알 수 있지. 중국은 우리 배달나라, 고조선의 큰 세력에 눌려 기를 펴지 못하고 살던 나라였어. 중국은 겨우 탁록(涿鹿)이라는 척박한 황토 지역에서 탄생한 우리 주변 소국이었지. 우리 치우천왕(배달국의 14대 임금)에게 헌원(중국의 시조라는 황제)은 열 번 싸워 열 번을 다 졌던 사람이었지. 우리 배달나라의 영역은 한반도와 남북만주와 캄차카반도, 시베리아 그리고 요동반도와 몽골 청해에 이르는 거대한 국토였지. 지금도 조선하(朝鮮河)라는 이름의 강이 북경 바로 위에서 흐르고 있지. 일본은 우리 백제인이 가서 세운 나라였고. 자기의 모국 백제가 당나라의 침략을 당하게 되자 2만 5천 명의 지원군을 보내 백강(금강) 전투를 벌였고, 백강 전투에서 패하자 돌아가서 천손사상이란 것을 만들어냈지. 모국이 없어졌으니 그럴 수밖에 없었겠지. 중·일의 역사는 대부분이 다 후대에 목적에 의해서 만들어낸 역사들이야. 우리는 오히려 있는 것의 몇

분의 1도 적지 못하고 있어. 하도 중국과 일본에 당했기 때문에 그런 거지. 실은 지금도 중·일이 무서워 잔뜩 겁에 질려 있어."

"선생님 어떤 책을 읽어야 할까요?"

"우리 정통사학자들의 책을 읽으면 되네. 단재 신채호의 『조선상고사』나 백암 박은식(대한민국 임시정부 대통령)의 『한국통사(韓國痛史)』같은 책은 다 좋지. 나는 그분들과 임정 청사에서 많은 이야기들을 나누었다네. 단 식민사학자의 책은 절대 읽어서는 안 돼. 원래 식민사학자는 학자가 아니고 정치인이나 일제가 기른 주구들이니까. 이병도 같은 어린 학생들을 유학이라는 명목으로 와세다대 같은 데로 불러다 놓고 식민사학을 주입했지. 일본 천황의 칙령에 의하여 조선 총독 책임하에 조선사편수회를 만들고 구로이타 가쓰미(黑板勝美), 이마니시 류(今西龍) 같은 동경제국대학 동양사학과 출신 교수들을 위원으로 하고, 이완용, 권중현 같은 소위 을사5적들을 고문으로 앉히고, 어린 이병도나 신석호 같은 아이들을 수사관보로 부려먹으며 자료수집이나 기록을 맡게 했지. 일본 왕의 칙령의 내용은 조선 역사를 일본보다 짧게 기록할 것과 조선 민족이 일본 민족보다 열등하게 기록하라는 것이었어. 즉 민족허무주의를 심어주라는 것이었다네. 해방정국에서 가장 시급한 것이 이 식민사학을 빨리 뿌리 뽑는 일이네."

여기까지 이야기하는데 갑자기 뒤에서 자동차 경적이 울렸다. 뒤돌아보니 뒤따르던 기자들이 차를 세워달라고 어디를 손가락질하고 있다. 손가락질하는 곳을 자세히 보니 삼팔선 경계선이란 팻말이 보인다. 개성을 지나 여현(礪峴)의 38도선 팻말 앞에 선 시각은 6시 40분이었다. 기자들의 요청으로 기념사진을 찍고 간단한 인터뷰가 있었다.

"선생님, 이번 길이 성공하리라고 보십니까?"

"첫술에 배부를 수야 있겠소? 동족상잔을 피하기 위해서는 어떻게든 만나서 얘기를 해 봐야지요."

"어떤 복안을 가지고 가십니까?"

"복안이야 분명히 있지. 내가 그토록 주장하던 남북통일이 바로 복안이지."

인터뷰는 불과 5분 만에 끝났다. 김구는 가슴을 인두질해 오는 뜨거운 열정을 억누르며 다시 발을 옮겨 차에 올랐다. 이 광경을 지켜보던 조선통신사 특파원 유중열은 감격에 찬 한 편의 시를 남한에 타전하였다.

　　혁명가 김구 씨는 기어코 38선을 넘었다
　　때는 6시 45분

너웃너웃 저물어가는 황혼 속에

한발 한발 넘어서면 멀리 바라다보이는 곳이여

역 정거장 녹슨 철로 위로 오지도 않는 기차를 기다리는

[시그널]의 붉은 등불이 눈물 속에 아롱거린다

고요한 38선에 스미는 듯 어둠의 장막이 내려왔다

이북 마을에 등불이 반짝인다

달이 뜨고 하날도 별도 반짝인다

기어코 이루어질지어다.

남북회담 성공을 상징하는 희망의 별인가

김구 씨가 떠난 하늘 아래로 별은 반짝인다

김구가 평양에 도착하고 얼마 되지 않아 북조선인민위원회 부위원장 김두봉이 호텔 지배인과 함께 나타났다. 김두봉은 임시정부에서 같이 활동하다가 어언 6년 만에 다시 만난 얼굴이었다. 그는 경상도 기장현 출신으로 구한말에 한글학자 주시경의 수제자로 유명하다. 일제강점기에 상해로 망명하여 대한민국임시정부에서 활동하였고, 한글사전인 《조선말본》과 《깁더 조선말본》(깁더는 깁고 더한다는 의미로 수정증보판이란 뜻)의 저자이다. 35년에 김규식, 김원봉과 함께 민족혁명당을 조직하였고, 40년 이후에는 조선독립동맹

의 주석으로 추대되었고, 광복 후에는 이북으로 귀환하였다. 남북협상 시에는 인민위원회 부위원장을 하다가 나중에 상임위원장을 맡았고 김일성종합대학 초대 총장을 역임한다.

"김 동지 오랜만이오."

"김 동지 이게 얼마 만이오?"

두 혁명동지는 서로 김 동지라 부르고 포옹하며 감개무량해 했다.

"김일성 동지와 함께 오지 못해서 미안합니다."

"그게 무슨 상관이오. 어떻게든 만나면 되는 게지."

"제가 김일성 동지 있는 곳으로 안내하겠습니다."

"좋습니다. 손이 찾아가야지요."

김구는 아들 김신과 선우진 비서만 대동하고 전 평양부청 건물인 북조선인민위원회 사무실로 김일성을 찾아갔다. 70대의 노장 김구와 30대의 패기만만한 청년 김일성은 굳은 악수를 교환했다.

"어서 오십시오. 존경하는 김구 선생님."

"반갑소. 수고 많이 하오. 나는 무엇보다도 우리 4김 회의의 성공에 큰 의의를 부여하고 있어요."

"중요한 문제는 누가 독립을 방해하느냐입니다. 독립에 반대하는 세력을 가장 큰 위협으로 간주해야 합니다."

"물론이지요. 그래서 내가 여기까지 온 것 아닙니까?"

"그런데 듣자 하니 연석회의에는 참석하고 싶지 않다는 의사를 밝혔다는데, 당수가 회의에 참석하지 않는 것은 적절치 않은 듯합니다."

"알겠습니다. 고려해 보겠습니다. 그러나 먼저 홍명희와 엄항섭을 만나보고 싶습니다."

김구는 사전에 믿음이 가는 이들과 대화를 나누며 대처방안을 상의하고 싶었다. 홍명희는 이날 평양에 도착하였고 엄항섭, 조소앙, 이극로 등은 이튿날 도착하였다.

"선생님께서 주석단에도 들어오시고 연석회의에도 참석해 주셔야겠습니다."

"나는 주석단에 들어가는 것은 별로 원치 않습니다. 그런 일에는 익숙지 않아요. 나는 연석회의도 큰 의의를 부여하지 않습니다. 그러니까 당신들 원래 계획대로 회의를 계속하세요. 나는 남북의 책임 있는 4자가 모여서 우리가 당면한 가장 긴급한 문제, 즉 우리가 이 시점에서 무엇을 해야 할 것인가를 해결하기 위하여 이곳에 왔어요."

"김규식 선생님이 서울을 출발하기 전에 미리 제출한 '남북협상 5원칙'은 우리가 다 받아들일 용의가 있습니다."

"나는 김규식이 제안한 전제조건을 작성하는데 참여하지

않았습니다. 나나 의견이 같으리라고는 생각하지만 그것은 김규식이 한 말입니다. 요건은 남북이 합치자는데 있는 것이니 거기에 위배되는 말은 어떤 것도 반대하고 거기에 도움이 되는 말은 어떤 것도 다 찬성입니다."

이때 김두봉이 말을 꺼낸다.

"선생님, 미국인들이 조선에서 물러날 가능성이 있습니까?"

"그들은 내쫓기 전에는 물러나지 않을 것이라고 생각합니다."

"앞문으로 승냥이를 몰아내고 뒷문으로 호랑이를 끌어들인 격이 되었군요."

"그렇소. 일전을 벌이기 전에는 그들은 안 물러날 것이오. 자기들의 숙적인 소련과 중국을 동시에 견제할 수 있는 최근거리의 요지를 군사기지화하는 것은 그들의 국책이지요."

"큰일이군요."

"그런데 북한도 마음이 안 놓입니다. 북조선의 헌법이란 것은 북조선에 단독정부를 수립한다는 의미 아닙니까?"

"정말 그렇게 생각하십니까?"

"남조선에서는 많은 사람들이 그렇게 글을 쓰고 있어서 나도 그렇게 믿게 되었어요."

"그것은 뱃속에 있는 아이를 놓고 왈가불가하는 것과 같습니다. 우리는 북조선 단독정부를 생각하고 있지 않습니다. 문제는 남조선에서 단독정부를 수립하려 하므로 심각한 사태로 간주하고 있는 것입니다. 남조선에서 단독정부를 수립한다면 우리도 정부를 수립할 수밖에 도리가 없겠지요. 먼저 우리 4자 명의로 남조선 단독정부 수립을 반대하는 성명서를 채택합시다. 김일성 동지도 찬성하시지요?"

김일성을 보고 김두봉이 말하자 김일성은 얼른 받아서 말한다.

"찬성하다마다요. 남조선에 단독정부가 고착화되면 큰일입니다."

이날(49년 4월 19일) 세 사람이 만나기 이전에 벌써 오전 11시부터 인민위원회 회의실에서 남북한 대표 31명이 연석회의 예비회의를 열었고, 사회는 김두봉이 맡았었다.

"여러분, 우리는 원래 4월 14일부터 연석회의를 시작하려 했으나 김구, 김규식의 요청에 따라 회의가 연기되게 되었습니다. 용맹한 소련군대는 조선해방을 위해 피를 흘렸음에도 불구하고 스스로 외국군대의 철수를 제의하였습니다. 그러나 미국인은 조선을 위해 단 한 방울의 피도 흘리지 않았습니다. 김구와 김규식이 아직 도착하지 않았지만, 이 두 사람 때문에 더 이상 기다릴 수는 없습니다. 우리가 이렇게 오래 기다리는 사이에 실기한다면 우리는 역사의 큰 죄인이 됩니다. 다행스럽게 온갖 난관을 헤치고 남조선 대표들이 회의에 참석해 줘서 얼마나 행운인지 모르겠습니다."

서울에서 참석한 인민공화당의 김원봉은 이런 자리를 있게 해 준 것은 김일성 장군의 공로라고 말하고 기필코 통일 단결을 이룩해 내야 한다고 강조했다. 이어서 김일성이 의사일정과 통일을 위한 4대 원칙을 발표하였다.

"첫째 유엔조선임시위원단의 추방과 유엔결의안의 무효화. 둘째 단정 단선 반대. 셋째 미·소 양군 즉시 철퇴. 넷째 자주적 선거에 의한 단일정부 수립."

그러자 남쪽에서 참석한 근로노동당의 백남운이 지지 발언을 하였고 역시 남쪽에서 참석한 전국노동조합평의회(전평) 대표들도 지지 발언을 하였다. 주석단에는 정당과 사회단체 대표로 북한의 김일성, 김두봉, 최용건, 김달현과 남한의 박헌영, 백남운, 허헌, 김원봉, 여운홍(여운형의 동생) 등 28명이 만장일치로 선출되었다. 회의가 끝나고 이들은 그 자리에서 북조선교향악단, 합창단, 최승희 무용연구소의 축하 공연을 관람하였다.

다음날은 휴회하였다. 이는 김구 등 한독당 인사들과 민족자주연맹 인사들의 연석회의 참가를 위한 조치였다. 49년 4월 21일 두 번째 회의가 시작됐다. 이날은 남북 56개 정당 및 사회단체 대표 695명이 참가했다. 먼저 김일성이 〈북조선 정세보고〉를 하고 이어서 백남운과 박헌영이 각각 〈남조선 정세보고〉를 했다. 김일성은 정세보고 끝에 이승만에 대하여 맹공을 퍼부었다.

"이승만 등 배족적 망국노들이 남조선에서 미군 철거를 반대하여 나선 것은 이 매국적 반동분자들의 정체와 진면목을 백일하에 폭로하였다. 이 망국노들의 죄악은 이승만 도당들이 미 제국주의자에게 우리 조국과 우리 민족의 이익을 팔아먹는 미 제국주의의 충견이라는 것을 또 한 번 보여주었다. 이승만은 근 40년 동안이나 미 제국주의자들이 길러 낸 그들의 주구이며 전 민족이 타기할 더러운 매국노라는 것을 누구나 잘 알고 있다. 그는 자기의 미국 주인들이 그에게 시키는 대로 무엇이든지 다 감행하려고 한다. …"

이러한 김일성의 보고는 중간에 36차례나 박수가 터져 나와서 보고가 중단되곤 하였다. 점심을 먹고 오후 3시부터 속개된 회의에서는 〈정치정세에 관한 결정서〉 초안 작성위원회 위원 13명을 선거하였다. 김책, 주영하, 박헌영, 허헌, 백남운, 여운홍 등이 선정되었다.

4

김구는 연석회의에 참석하지 않고 이날 평양기자단을 상대로 도착성명을 발표했다.

"동포 여러분! 위도로서의 38도선은 영원히 존재할 것이지만 조국을 양단하는 외국 군대들의 경계선으로서의 38도선은 일각이라도 존속시킬 수 없는 것이다. 38도선이 있는 한 우리에게는 통일과 독립이 없고 자주와 민주도 없다. 어찌 그뿐이랴. 대중의 기아가 있고 가정의 이산이 있고 동포의 상잔까지 있게 되는 것이다. 나는 이번에 꿈에도 그리던 이북의 땅을 밟았다. 내 고향의 부모·형제 자매를 만날 수 있게 된 것을 생각하면 광환(狂歡)에 넘칠 뿐이다. 그러나 그보다도 우리들이 민주 자주의 통일독립국가를 건설하기 위하여 의견을 교환할 수 있는 기회를 얻은 것을 더욱 기뻐한다. 조국은 분열에, 동포는 멸망에 직면한 이 위기에 있어서 우리의 이 모임은 자못 심장한 의의가 있는 것이며, 우리의 임무도 중대한 것이다. 이 모임이 실패하면 전 민족이 실패할 것이오, 이 모임이 승리하면 전 민족이 승리할 것이다. 이 전제하에서 해결하지 못할 문제가 무엇이 있겠는가. 우리의 통일 독립의 완성은 미·소 간의 위기를 완화할 수 있으며, 미·소 위기의 완화는 세계평화의 초석이 될 수 있을 것이다."

4월 22일, 셋째 날 회의는 백남운의 사회로 진행하였다. 김구는 전날 도착한 한독당의 엄항섭, 조완구, 조소앙과 민주독립당의 홍명희 등과 상의한 결과 같이 연석회의에 참석하여 인사말이라도 하고 나오기로 하였다. 김구 일행이 호텔에서 1킬로쯤 떨어진 모란봉 극장에 도착한 것은 정오가 조금 지나서였다. 회의장에서는 회의가 진행되고 있었지만, 김구 일행은 회의장으로 들어가지 않고 2층 휴게실로 안내되었다. 휴게실에서 대기하고 있는데 돌연 박헌영이 나타났다.

"선생님, 저 박헌영입니다."

"반갑소. 남한에서 못 보고 여기서 만나네요."

"저는 평소에 선생님을 존경해 왔습니다. 이번 저희들의 뜻이 꼭 이루어졌으면 좋겠습니다."

"그래야지요. 사상보다도 열 배나 더 중요한 것은 민족입니다. 민족의 힘으로 뭉치면 안 될 일이 없지요."

잠시 후에 김구는 회의실로 안내를 받았다. 사회를 보던 백남운이 "김구 선생 일행이 도착했다."고 알리자 회의 참석자들이 일제히 기립박수를 보냈다. 백남운은 "집행부의 위임에 따라 김구, 조소앙, 조완구, 홍명희 네 분을 주석단에 추대할 것을 제의한다."고 말하자 대표자들은 열렬한 박수로 승인하였다. 네 사람은 차례로 인사 겸 축사를 했다. 김구 차례가 되자 작심하고 5분 동안 축사 겸 연설을 했다.

"여러분, 조국이 없으면 민족이 없고 민족이 없으면 무슨 당, 무슨 주의, 무슨 단체가 존재할 수 있겠습니까? 그러므로 현 단계에 있어서 우리 전 민족의 유일 최대의 과업은 통일 독립의 전취인 것입니다. 그런데 목하에 있어서 통일 독립을 방해하는 최대의 장애는 소위 단선 단정입니다. 그러므로 현하에 있어서 우리의 공동한 투쟁목표는 단선 단정을 분쇄하는 것이 되지 않으면 아니 될 것입니다. 그러므로 단선 단정 분쇄를 최대의 임무로 삼고 모인 이 회합은 반드시 성공되어야 합니다. 국제관계에 있어서도 복잡다단한 바 있으나 우리의 민족적 단결로써 국제간의 친선과 양해와 투쟁에 노력한다면 모든 것을 호전시킬 수 있다고 확신합니다."

김구는 축사가 끝나자 바로 퇴장하여 호텔로 돌아왔다. 오후 4시 50분에 회의는 속개되었다. 회의는 〈정치정세에 관한 결정서〉 초안 작성위원회 위원으로 홍명희와 엄항섭을 보선하고 토론을 계속하였다.

넷째 날 회의의 4월 23일은 김원봉의 사회로 진행되었다. 회의는 〈전조선 정치정세에 관한 결정서〉를 채택하는 순서로 시작되었다. 홍명희가 〈결정서〉 초안을 낭독하고, 회의는 그것을 만장일치로 가결했다. 이 〈결정서〉는 김일성과 박헌영 및 백남운이 행한 남북한의 정치정세 보고의 주지를 반영한 것이었다. 〈결정서〉는 미·소 공위가 결렬된 뒤 미국에 의하여 한국 문제가 유엔총회에 이관되고 유엔소총회가 남한 단독선거를 결의하기까지의 과정을 비판하고 나서 다음과 같이 주장했다. "(유엔 소총회의) 이 결정은 우리 조국에서 남조선을 영원히 분리하여 미국 식민지로 변화시키려는 기도의 구현이다. 우리 조국의 가장 엄중한 위기가 임박한 이 시기에, 남조선에서는 우리 조국을 분열하여 예속시키려는 미국의 반동 정치를 지지하여 우리 민족을 반역하며 조국을 팔아먹는 이승만, 김성수 등 매국노들이 발호하고 있다. 우리는 그들을 배족적 매국노로 낙인 함은 물론, 그들에게 투항하여 그들과 타협하는 분자들도 단호히 논죄하며 배격한다. 그들의 배족적 망국노적 책동으로서 남조선 인민들은 초보적인 민주주의적 자유까지도 박탈당하였으며 생활을 향상시킬 하등의 희망과 조건도 가지지 못하고 있다." 이어서 〈결정서〉는 북한의 상황에 대해서 "북조선에 주둔한 소련군이 북조선 인민들에게 광범한 창발적 자유를 주었다."고 칭송하면서 남한 단독선거는 단호히 파탄시켜야 한다고 주장하고 있다. "우리는 미 제국주의자들의 식민지 예속화 정책과 그들과 야합한 민족반역자 친일파들의 음흉한 배족망국적 시도를 반대하며 소위 '유엔조선위원단'의 기만적 단선 희극을 반대하여 궐기한 남북 조선인민들의 반항을 조국의 완전 자주독립을 위한 가장 정당한 애국적 구국 투쟁이라고 인정한다."고 힘주어 역설하고 있다.

이날은 〈전조선 정치정세에 관한 결정서〉 채택에 이어 비슷한 내용으로 3천만 동포에게 보내는 〈전조선 동포에게 격함〉이라는 격문을 채택하고 사실상 남북연석회의의 중요한 일정을 끝낸다.

4월 24일은 남쪽에서 간 200여 명 대표들이 황해제철소 시찰을 하였다. 4월 25일(일요일)은 11시부터 평양시 인민위원회 광장에서 연석회의 경축 평양시민대회가 열렸다. 34만의 군중이 동원되는 대성황을 이루었고 "국토를 양단하여 민족을 분열시키는 남조선 단독선거를 절대 배격하자" "모든 승리는 인민의 것이다" 등의 구호를 외치며 행진하였다. 김구와 김규식도 평양시민대회에 참가했다.

　다섯 번째 회의에 해당하는 4월 26일 속개된 남북연석회의는 민주독립당 홍명희가 사회를 맡았다. 남북연석회의는 첫날 사회를 김일성이 본 것을 제외하면 모두 남쪽 인사들이 맡았다. 회의는 또 미군과 소련군의 즉시 철수를 요구하는 메시지를 양국 정부에 보내기로 하고, 김책이 메시지를 낭독한 뒤 전달방법을 결정하는 순서로 진행되었다. 미국 정부에 보내는 요청서는 서울 주둔 미군 사령관에게, 소련 정부에 보내는 요청서는 평양 주둔 소련군 사령관에게 각각 전달하기로 했으며, 하지 미군 사령관에게 전달하기 위한 대표로는 사회민주당의 여운홍 등 3명을 결정하였다. 여운홍 일행은 4월 29일 하오 3시에 서울에 도착했다. 북한 주둔 소련군 사령관에게는 주영하가 4월 27일에 소련군사령부를 방문하여 전달했다. 오후 2시쯤에 애국가 제창과 김두봉의 만세삼창으로 남북연석회의의 공식 일정은 모두 끝났다. 4월 30일에 모란봉극장 응접실에서 4김 회담이 잠깐 열렸다. 벌써 연석회의에서 결론이 다 나와 버렸기 때문에 별로 토론할 일은 없었다. 이어서 극장 별관에서 남북연석회의 지도자가 모여 〈남북조선 제정당사회단체 공동성명서〉를 확정하였다. 첫째, 외국군대를 즉시 동시에 철거한다. 둘째, 통일에 대한 조선인민의 지망(志望)에 배치되는 어떠한 무질서도 용허하지 않는다. 셋째, 외국군대가 철거한 이후에 민주주의 임시정부를 즉시 수립한다. 넷째, 남조선 단독선거는 설사 실시된다 하여도 무효이다 였다.

김규식은 자신의 '남북협상 5원칙'이 받아들여졌다고 만족했으며, 김구도 "남북통일이 실현되기 전에야 어찌 만족할 수 있으랴마는 다만 우리 과업 추진에 있어 하나씩 난관이 개척되어 나가는 것만은 매우 유쾌한 일이다."라고 하며 만족했다.

이 〈공동성명서〉는 5월 1일에 평양방송을 통하여 남한에도 알려져 선거 정국을 흔들었다. 북한의 군사력 창설 작업에 남달리 관심을 표명해 온 이승만은 5월 3일에 논평을 발표한다. "양군 철퇴 문제에 대해서 소련이 진심으로 공정한 해결을 원한다면 먼저 북한의 공산군을 해체시켜 무장을 회수하고 유엔 감시하에 자유 분위기에서 총선거를 하게 된다면 모든 문제가 순조로이 진행될 것이요, 그렇지 않고는 우리가 정부를 수립해서 국방군을 조직한 후에야 비로소 협의

할 기회가 있을 것이다. 그러므로 소위 공동성명이라는 것을 나는 중요시하지 않는다."

하지 중장도 이날 남북협상과 관련하여 소련을 격렬하게 공격하는 특별성명을 발표했다. 즉 지금까지 전 국민의 열망 하에 실시된 남북 제정당사회단체 연석회의는 엉뚱한 생각을 하고 있는 자에 의하여 허망하게 무효화되어 가고 있었다.

이로써 김구 암살은 예견된 것이나 마찬가지였다. 이승만은 벌써 같은 달 49년 5월에 김약수 국회부의장을 비롯해 노일환 등 강경한 현역의원 13명을 북한 공산당이 침투시킨 프락치라고 둘러씌워 체포하였다. 6월 6일에는 경찰을 동원해 국회에서 통과하여 설립한 반민특위를 습격하여 짓밟음으로써 실질적인 해체를 해버리고 말았다. 그리고는 6월 26일에 김구가 암살당하며, 범인은 현역 육군소위 안두희였다.

김구가 암살만 안 당했더라면 6·25 사변도 일어나지 않았을 수 있고 선거 정국에서 이승만에게 패배를 안겨 권좌에서 물러나게 할 수도 있었을 것이다. 물론 여운형만 암살되지 않았어도 한국의 정세는 완전히 달라졌을 것은 말할 나위도 없다. 그러나 이승만은 자기 위아래로 하나씩을 제거해 버림으로써 독불장군이 될 수밖에 없는 환경을 만들어놓고 있었다.

 안두희는 신의주에서 40여 리 떨어진 평북 용천군 산골 마을에서 태어났다. 그의 아버지는 미쓰비시 등 일제 기업 제품을 취급하며 돈을 벌어 신의주 호상이 된다. 그는 토지측량기사 자격까지 딴 뒤 도정업에 손을 대고 일본군에 쌀 군납까지 하면서 평안도에서 몇 손가락 안에 드는 거부가 되었다. 안두희는 아버지의 은덕으로 상업학교를 나와 만주로, 북경으로 흘러 다니며 허랑방탕한 시간을 보내고 한때 금융조합 서기 노릇도 하였다. 일본 유학까지 다녀왔으나 해방과 함께 진주한 소련군이 재산을 몰수하였고 김일성의 인민위원회에서도 3천 평 이상 소유한 자는 지주, 1천5백 평부터는 부농으로 규정하고, 그들의 땅을 무상 몰수하는 것과 동시에 본인들은 전부 타고장으로 이주시켰다. 이들의 개인적 사정을 알 바 없는 낯선 고장 사람들은 국가가 '친일주구' '역적'이란 딱지를 붙여놓은 추방자들을 심판하기는 어렵지 않았다. 전국 곳곳에서 피비린내 나는 심판과 보복이 뒤따랐다. 안두희는 47년 단신 월남해서 48년 육군사관학교 특8기로 입교하여 이듬해에 졸업하여 포병사령부 연락장교 소위가 되었다. 이어서 이북 출신 반공극우파 조직인 서북청년단에 들어갔다. 또한 이승만의 사조직이라 할 친일·친미파 소굴 '88구

4 몸부림치는 백범

락부'의 행동대원으로 간택 받아, 소위 임관 뒤 3개월 남짓 만에 백범을 암살한다.

암살사건이 있기 6일 전, 6월 20일에 김창룡의 지시에 따라 경무대 대통령 집무실을 들어선 안두희는 부동자세로 이승만에게 경례를 올렸다.

"육군 소위 안두희입니다."

"음, 아주 씩씩하게 생겼군. 고향이 이북이라고?"

"네, 평북 용천입니다."

"음, 평북은 의인이 많이 나기로 유명한 고장이지. 신성모 국방장관으로부터 얘기 많이 들었어요. 내가 다 말해 두었으니 윗사람들이 시키는 대로 잘 해요."

신성모는 이승만 직속의 고위층 행동대원인 소위 '88구락부'의 수장이다.

"네 각하를 위한 일이라면 이 한목숨 바쳐 멸사봉공하겠습니다."

"세부 지시는 특무대장 김창룡이 내릴 것이니 그대로만 해요. 김창룡은 짐이 가장 신뢰하는 사람이에요. 뒤는 다 보아 줄 터이니 아무 걱정 말아요."

이승만은 안두희에게 말하면서 자신의 호칭을 짐(朕)이라고 하였다. 이 말이 왜 나왔는지 그 이유는 알 수 없다. 안두희는 자기 귀를 의심하였으나 다시 캐 물을 계급이 아니었기 때문에 그대로 넘어갈 수밖에 없었다. 이승만이 꿈속에서 자기가 왕이 되는 꿈을 꾸었는지 아니면 왕으로 잠깐 착각하였는지는 알 길이 없다.

경무대를 나온 안두희는 하늘을 보았다. 하늘은 흰 구름이 몇 점 두둥실 떠 있는 쾌청한 날씨였다. 자기에게 모든 행운이 밀려오는 양 흰 구름과 상쾌한 바람이 속삭여 주었다. 그 길로 안두희는 조선호텔 맞은편의 육본 정보국 3과의 이른바 특무대(SIS) 사무실로 가서 특무대장 김창룡으로부터 구체적인 지시를 받았다. 김창룡의 안배는 철두철미하였다.

안두희는 서북청년회(또는 서북청년단. 약칭 서청. 후에 대한청년단으로 통합)에 가입하여, 서울 제1지부이며 본부 직속인 종로지부 사무국장이 되었다. 서북청년회는 이북 각 도별 청년단체가 서울에서 결성한 극우 반공단체로서 좌익에 대한 복수심에 불탄 친일파 반공 전선으로 경찰 및 군의 정보기관과 밀접한 관계를 맺고 있었다. 당시 경무국장 조병옥, 수도경찰청장 장택상 등 경찰 수뇌부의 적극적인 지원 하에 서북청년회는 경찰이 공개적으로 할 수 없는 성질의 대공테러를 담당하였다, 당시 '서청'이라 하면 우는 아이도 울음을 그친다는 공포의 대상이었다. 동시에 안두희는 어느새

우파 테러단체인 백의사(白衣社. 총사령은 염동진)의 제1소조 요원이 되어 있었고 동시에 한국주재 미군방첩대(CIC) 요원이 되어 있었다. 백의사는 정치인 장덕수와 여운형을 암살한 바로 그 지하조직이다.

안두희는 한독당에 위장 입당하여, 한 달 전에 김구 사무실에 꽃다발을 들고 온 적이 있기 때문에 이날도 경비원이 별 의심하지 않았다. 낮 11시 30분에 찾아와서 12시 50분에 면회가 허용되었다. 누가 말도 안 했는데 스스로 "무기를 차고 선생님을 뵐 수는 없죠." 하며 허리에 찬 권총을 스스로 내려놨다. 그리고는 비서 선우진을 따라 관리실을 나와 1층 홀로 들어서서 2층으로 올라갔다.

"선생님 안녕하십니까. 저 안두휩니다."
"음, 저번에 꽃을 가지고 왔던 청년이지?"
"네, 그런데 선생님, 이번에 북한에 간 것은 아주 큰 잘못입니다."
"뭐? 어린 사람이 뭘 안다고 국가 대사를 그렇게 함부로 말한 게야?"
"뭘 아느냐 구요? 나도 알 것은 압니다. 그까짓 공산당 놈들하고 무슨 협상은 협상입니까."

"뭐라고? 그럼 협상을 해야지, 전쟁이라도 하자는 말이냐? 나는 협상을 하기 위하여 또 열 번이라도 북한을 달려갈 사람이야."

"공산당 놈들은 깡그리 죽여야 할 대상일 따름입니다. 남한만 단독정부를 수립해야 합니다. 선생님은 대한민국에 가장 큰 해를 끼친 암적인 존재입니다."

"네 이놈! 썩 나가지 못할까?"

김구는 주먹을 들어 책상을 힘껏 내리치며 사자처럼 노하였다. 그때 안두희의 몸속에서는 또 다른 한 자루의 권총이 나왔다.

서대문의 경교장에 울려 퍼진 4발의 총성. 그것은 일흔셋의 국부 김구의 가슴에 꽂힌 원한의 총성이었다. 총소리를 듣고 달려간 선우진 비서와 경비원을 보고도 권총을 들고 태연히 2층에서 걸어 내려오는 안두희는 "선생을 내가 죽였습니다."라고 태연자약하였다. 그런데 안두희를 체포한 것은 경찰이 아니고 헌병이었다. 사건 현장에는 벌써 헌병대가 미리 도착하여 대기하고 있었던 것이다. 조금 후에 달려온 서대문경찰서장과 서울지검장은 접근이 차단되었다.

사건 당일, 상층부에서는 벌써 자기들은 사건과 무관하다는 것을 나타내기 위하여 속 들여다보이는 위장 행각을 하고 있었다. 이승만은 뜬금없이 아침 일찍부터 낚시를 간다고 챙겨 나갔고, 신성모 국방장관은 아프다고 주위에 알리며 몸 져누웠고, 국무총리는 때아닌 사냥을 하러 간다고 나갔다.

특무대 영창에서 즉시 안두희를 면회한 김창룡은 "안 의사 수고했소. 내가 지키고 있으니 안심해요."하면서 들고 온 술과 담배를 내려놓고 간이침대를 펴주며 편히 쉬라 하였다. 김창룡은 이승만이 가장 총애하는 극우테러 행동대원이었다. 김창룡은 원래 만주에서 악질로 소문난 일본 '헌병보조원'으로서 독립군을 색출하면 무자비하게 칼로 베어버리기로 유명하였다. 해방 후 고향인 함경남도 영흥으로 갔으나 거기서 북한의 인민위원회에 체포되어 처형되기 직전에 남쪽으로 탈출하였고, 공산당에 대한 적개심이 펄펄 끓고 있는 친일파의 표상이었다. 이승만은 안두희가 수감 중에 직접 "안심하고 있으라." 하는 친필 메모를 보내줌으로 암살자는 아무런 걱정 없이 대우를 받으며 단잠을 잘 수 있었다.

이승만은 6·25 때 한강 다리를 폭파하고 피난 갈 때도 김창룡에게 형무소의 안두희를 빼내오라 해서 데리고 가는 의리를 지켰다. 한국전쟁 때 종군했던 강원룡 목사(크리스천 아카데미 설립)는 국군이 북상할 때 평북 순천에서 제2사령부 인사참모 박남표와 사담을 나누던 중 기절초풍할 이야기를 들었다.

"강 목사님, 그것 아십니까? 안두희가 지금 이 부대에 있다는 것 말입니다."

"네? 백범 암살범 안두희 말입니까?"

"네, 바로 그 안두희입니다. 이 부대에서 칙사 대우를 받고 있지요."

"네? 나는 안두희가 사형을 당했던지 어느 감옥에 있을 거로 생각하고 있었는데요."

"그렇게 순진하시니까 목사가 되지요. 안두희는 이 박사가 '내 허락 없이는 인사이동을 하지 말라'는 지령을 내렸기 때문에 누구도 인사이동을 시키지 못합니다. 여기서 신변 보호를 하고 있지요."

"그럴 수가 있습니까?"

"하하하, 안두희는 이승만 정권에서 보면 강 목사님이 생각하고 있는 것과 정반대의 인물이랍니다."

안두희는 51년에 대위로 예편했는데 어떻게 된 셈인지 52년에 중령으로 군에 몸담고 있었다. 그는 양구에서 큰 군납공장을 소유하고 동부전선 11개 사단에 군납을 책임 맡고 있었다. 군납공장 한 쪽에는 연못이 있었고 그 연못에는 잉어, 붕어 등 각종 희귀물고기가 우글거렸고 연못 옆에는 그림 같은 정자가 있고 그의 저택이 있었다. 연못은 작은 섬에 다리가 놓여 있었고 손님이 오면 연못에 배를 띄워 같이 노닐었다. 민간인은 들어오지도 못하고 군부 사람들만 들어올 수 있는데 새로 사단장이 부임하면 반드시 안두희에게 인사하러 왔다. 그런데 그 땅은 원래 홍주범(洪疇範)이란 민간인의 개인 소유였는데 그 지방의 김 형사라는 사람이 세 얻어 쓰고 있었다. 남의 땅을 마구 뺏어 시설을 하자 김 형사는 왜 남의 땅에 허락도 없이 시설을 하느냐고 항의하였다. 안두희는 "이 자식이 내가 누군 줄 알고? 중대한 국가사업을 하고 있는데 무슨 잔소리야?" 하면서 망치(장도리)로 머리를 쳐서 피가 낭자했으나 아무도 말을 못 하고 물러서야 했다.

남북연석회의는 48년 4월 19일부터 모란봉 극장에서 남북 조선 제정당사회단체 연석회의로서 이북의 3개 정당과 12개 단체, 이남의 41개 정당 사회단체 등 총 56개 정당과 사회단체 695명이 참석했다. 남한 쪽에서는 남조선로동당, 근로인민당 등 좌익계열 정당만이 아니고 한국독립당, 민족자주연맹 등 우익계열 정당들도 참가했다. 그러나 회의를 마치고 남하한 민족지도자들은 남한에서 거의가 암살당한다. 그런데 그 암살의 주체는 거의가 이승만의 비호를 받은 극우반공단체와 미 CIC(Counter Intelligence Corps)와 그 뒤를 잇는 KLO(Korea Liaison Office)와 밀접한 관계를 맺고 있었다. CIC는 해방 이후 남한에 주둔한 전투부대 미 제24군단 아래 설치되었던 정보기관이다. 미 육군 24군단 예하에는 크게 두 그룹의 정보기관이 있었다. 하나는 4개의 일반참모부(G-1, G-2, G-3, G-4) 중 정보참모부로 알려진 G-2였고 다른 하나가 CIC로 알려진 방첩대였다.

원래 1945년 9월 9일에 제224 CIC편견대가 처음으로 남한에 들어왔고, 소속 요원 대부분은 태평양전쟁 당시 리이테 전투(필리핀 Leyte만에서 벌어진 미·일 해전)와 오키나와 전투에서 활약했던 멤버들이었다. 제224 CIC편견대는 다양한 CIC전투부대편견대, 수도부대, 지역부대들과 함께 활동했다. 이 편견대는 처음에는 도쿄의 제441 CIC편견대의 통제를 받다가, 1946년 2월 13일 서울의 제224 CIC편견대가 남한 주둔 모든 CIC파견대에 대한 작전통제권을 장악한 뒤, 4월 1일에 모든 CIC파견대가 971 CIC파견대로 교체되고 나서 본격적인 활동에 들어간다. 그 뒤 미 육군 제24군단 정보처 산하에 대북공작을 담당했던 첩보부대인 442 CIC를 창설하고, 그 뒤 1948년 8월 미 극동군사령부(GHQ) 정보처에서 442 CIC를 기반으로 당시 서울에서 활동하고 있던 백의사, 정의사 등 여러 극우반공단체를 망라해서 켈로(KLO)부대를 만드는데, 대북첩보를 위하여 주로 서북청년단에서 활동하고 있던 이북 출신이 중심이었다. 1948년 12월 CIC는 공식적으로 철수했으나 그 상당수의 요원은 그대로 남아서 켈로 부대로 알려진 KLO와 미 극동공군의 대북첩보기관인 미 공군 인간첩보부대(USAF HUMINT)로 역할이 옮겨진다.

5
6·25 술래잡기

1

　한국에서 전쟁이 일어나기를 바라는 것은 미국뿐만이 아니고 소련도 마찬가지였다. 스탈린은 미국 때문에 힘을 쓰지 못하는 유럽에 영향력을 미치기 위해서는 미국의 관심을 유럽에서 아시아로 돌릴 필요가 있었다. 스탈린의 허락이나 묵인 없이는 6·25가 일어날 수 없었던 것은 상식이지만 6·25 이후에도 소련은 미국의 개입을 막을 기회는 있었다. 6월 27일 미국의 주도하에 열린 유엔 안전보장이사회는 남한에 대한 북한의 공격에 대하여 유엔 참전을 결의하여야 했는데, 그때까지의 상식으로 보아 소련이 이를 승인할 리가 없었다. 당시 안전보장이사회는 거부권을 행사할 수 있는 다섯 나라

(미국. 소련. 영국. 프랑스. 중국)와 그렇지 않은 여섯 나라(인도. 유고슬라비아. 이집트. 노르웨이. 쿠바. 에콰도르)로 구성되어 있었는데 그중 거부권을 행사할 수 있는 나라들에서 북한 편을 들어줄 수 있는 나라는 소련이 유일했다. 당시 중국 대표는 마오쩌둥의 공산당이 아니고 대만 장제스의 국민당이었기 때문에 중국 역시 미국 편이었다.

소련의 유엔 대표 말리크(Y.A.Malik)가 크렘린 궁전에서 스탈린을 면회하고 있었다.

"각하, 세계의 이목은 모두 소련이 이번에 거부권을 행사할 것으로 알고 있는데 어떻게 할까요?"

"우리는 미국의 시선이 유럽에서 아시아로 돌리기를 바라는 나라 아닙니까? 아주 잘된 일이에요. 미국의 주도하에 한국전에 마음껏 참가하게 함으로써 도덕적으로 우리가 우위를 차지함과 동시에 미국의 시선도 아시아로 돌리게 할 수 있잖아요."

"그럼 거부권 행사를 하지 않아야 하는데 명목이 있습니까?"

"있다마다요. 우리는 중국의 유엔대표권을 장제스에게서 빼앗아 마오쩌둥에게 주어야 한다며 모든 유엔 기구에서 대표들을 철수했지 않소. 이런 마당에 일부러 참석해서 이사회의 거부권을 행사할 필요가 없지요."

"알겠습니다. 유엔에서 참석을 종용해도 참석하지 않으면 되겠군요. 충분히 대의명분이 있습니다."

그래서 소련의 기권으로 말미암아 유엔군의 한국 참전은 결정 났으며, 그 뒤 7월 7일에 있었던 유엔군 구성에 관한 회의에도 말리크는 참석하지 않았다. 유엔회원국의 무력원조를 미국 정부의 주도 아래 둔다는 내용의 공동결의안은 찬성 7표로 가결되었는데, 소련은 불참하였고 이집트, 유고슬라비아, 인도는 기권하였다.

이북의 막강한 군사력과 철저한 전쟁준비에 비하여 이남은 허술하기 그지없었다. 미군은 49년 6월에 철수한 이래 단 500명의 군사고문단만 남겨두고 있었다. 한국군은 모두 9만 8,000명이 있었으나 그중에서 4만 명이 후방의 좌익세력(공비) 토벌 작전에 투입되고 있었기 때문에 실제는 전방에는 5만 명의 병력이 있을 뿐이었다. 그중 국군이 미군으로부터 지원받는 군사원조는 6만 5천 명 분의 분량이었다. 한국의 육군은 8개 사단 1개 독립연대로 편성되어 있었다. 38선의 전방 방어를 위하여 서쪽에서부터 17연대(옹진반도)-1사단(청단~적성)-7사단(적성~적목리)-6사단(적목리~진흑동)-8사단(진흑동-동해안)으로 포진되어 있었다. 후방에는 서울에 수도경비사령부가 있고, 대전에는 2사단, 대구에는 3사단, 광주에는 5사단을 배치하여 공비소탕 작전을 벌이고 있었다. 이들 부대를 통합 지휘하고 있는 것은 육군참모총장 채병덕 소장이었다.

공군은 대공포화가 없는 지역정찰만 가능한 L-4 연락기와 L-5 연락기가 있었고, 6·25 직전에 국민 성금으로 캐나다로부터 구입한 단발엔진 훈련기 T-6 텍산 10대가 있을 뿐이었다. 소총은 국군 경비대 시절에는 일본이 버리고 간 38식 소총과 그것을 개량한 아라사카(有坂) 99식 소총뿐이었다. 6·25 전쟁 중에야 미군으로부터 보급된 M1 소총과 카빈 소총이 있었으나 북한의 AK47의 라이선스 판인 58식 소총이 자동인데 반하여 한국군은 겨우 반자동 소총이었다. 유일한 독립 기병연대의 장비는 2차 세계대전 당시에 정찰용으로 쓰인 37mm 대전차포를 탑재한 M-8 그레이하운드 장갑차 1개 대대가 있을 뿐이었다. 대전차포로는 2.36인치 바주카포와 포병 병과의 57mm 대전차포가 있었으나 그 성능은 향상된 소련의 후기형 T-34 전차를 상대할 수 없는 병기였다. 포병은 105mm 화포와 4.2인치 박격포가 있을 뿐이었고 그나마도 1개 사단에 1개 대대만 배치되어 있었고 포탄은 형

편없이 부족했다. 예컨대 백선엽이 지휘한 개성-문산-파주 축선을 방어하던 국군 제1보병 사단은 전투 하루 만에 포탄이 바닥나버리고 말았던 것이다.

한편, 북한의 인민군은 민족보위상(국방부장관에 해당)에 최용건 부수상을 임명하고, 작전사령부를 만들어 김책 대장(4성 장군)을 사령관에 임명하고 강건 중장(2성 장군)을 참모장에 임명했다. 또한 전선사령부 밑에 서부전선을 담당하는 1군단과 동부전선을 담당하는 2군단을 창설하였다. 1군단장에는 김웅 중장을, 2군단장에는 김광협 중장을 임명하였다. 인민군 1군단 밑에는 제6사단, 제1사단, 제3사단, 제105전차여단을 두었고, 2군단 휘하에는 서쪽에서부터 제2사단, 제12사단, 제5사단이 배속됐다. 또한 예비부대로 제13사단을 1군단에 배치하고, 제15사단을 2군단에 배치하였다. 제10사단은 총예비대로 북한 전체 방어를 위해 평양지역에 배치하였다. 인민군과는 별개로 내무성(내무부에 해당)에 북한 주민의 월남을 막는 부대로 제38경비대(전투경찰대와 유사) 3개 여단을 편성하였다. 그중 제3경비여단은 국군 제17연대가 포진한 옹진반도 바로 북쪽에 포진하고 있었다. 북한은 벌써 한국군이 1대도 없는 전차를 242대나 보유하고 있었고 이남 공군은 연락기 10대뿐인 데 반하여 211대의 공군기를 보유하고 있었다.

　이렇게 균형이 깨졌을 때 어떤 일이 벌어질 것인가는 불문가지인데, 정보의 달인이라는 미국이 과연 그것을 모르고 있었을까? 6·25 사변이 발생하기 전에 남북한은 38선을 사이에 두고 수백 차례의 소규모 전투가 벌어지고 있었다. 49년 1월 18일에서 50년 6월 24일까지만 해도 소규모 전투 횟수는 총 874회나 되었다. 그 한 사례로 49년 3월에 발생한 무력충돌은 개성 서북쪽의 송악산에서 벌어졌는데 이때의 전투는 거의 전쟁 수준의 충돌이었다. 그 외에도 충돌은 주로 옹진반도, 개성, 의정부, 춘천, 강릉 부근에서 자주 벌어졌는데 이 지역이 바로 6·25 전쟁 중에 주공격 대상이 되었던 것이다. 이 1년 5개월 동안에 벌어진 전투만 이 정도인데 월경 사건이나 경미한 충돌까지 합하면 물경 2천 회 이상의 충돌이 있었다. 즉 수시로 이남의 방비 태세를 시험 점검하고 있었던 것이다.

　북한의 남침준비는 이남의 육군본부 정보국 전투정보과에서 이미 상세히 파악하고 있었다. 당시 정보국장은 장도영 대령이었고 박정희는 파면된 상태에서 문관으로 채용되어 있었고 김종필 중위 등 육사 8기생들이 정보국을 메우고 있었다. 유양수(소령) 전투정보과장 주도로 작성된 49년 12

월 '연말 종합 적정(敵情) 판단서'에는 "50년 춘계에 북한이 38도 선상에서 전면 공격을 할 것"이라고 예측하고 있다. 50년 4월 28일에는 북한 공군 중위 이건준이 YKA-9형 전투기를 몰고 월남하였는데, 그는 "몇 개월 사이에 전쟁이 발발할 것이다."고 진술하였다. 동 6월 10일에는 춘천 오대산, 강릉 해상을 통해 인민유격대가 침투하였는데, 포로 심문 결과 "전쟁준비가 완료되었고 명령하달만 기다리고 있다."는 내용을 확보하였다. 동 6월 22일에는 동두천의 제1연대에 인민군 전사가 귀순하였는데, "남진을 위한 38선 지뢰 해체를 명령받고 탈영했다."고 진술하였다. 이런 여러 가지의 정황을 최고 책임자인 채병덕(1916년생) 총참모장에게 모두 보고하였으나 웬일일까? 상황은 급박한데 실제는 아무런 별다른 조치가 없었던 것이다.

이 때문에 남침이 임박할 즈음에는 벌써 4월 27일부터 29일까지 대기 태세, 4월 29일부터 5월 2일까지 경계 태세, 5월 2일부터 3일까지는 다시 대기 태세, 5월 9일부터 27일까지 또다시 대기 태세가 발령되었다. 총선거(제1대 제헌국회는 48년 5월 10일 실시. 2대 총선은 50년 5월 30일 실시. 당시 제헌국회의원의 임기는 2년)를 전후한 5월 27일부터 6월 2일까지는 한 단계 위인 경계 태세가 발령되었고, 6월 11일부터는 가장 높은 단계인 비상경계 태세가 발령되어 군은 최고조의 긴장 상태에 이르렀다. 그런데 웬일인가? 6월 23일 24시를 기해 전국적으로 비상 경계령을 해제한다는 명령이 하달되었던 것이다. 미 군사고문단과 채병덕 참모총장은 서울에만 앉아 있으면서 전방에서 입수된 긴급보고를 모두 묵살하고 있었다.

6·25 전쟁 시에 사단장과 육군참모총장을 역임한 이형근 대장은 뒤에 그의 회고록에서 6·25 전쟁 전후에 나타난 10대 불가사의를 제시한 바 있다. 그의 결론은 군대 내에 '통적분자(通敵分子)'가 없이는 도저히 상식적으로 있을 수 없는 일이 벌어졌다는 것이었다.

6·25 사변의 불가사의한 미스터리를 중요한 것만 몇 개 요약해 보아도 이렇다.

첫째, 6월 10일 군 수뇌부의 대규모 인사이동으로 대부분 사단장이 부대를 장악할 시간적 여유를 갖지 못했다. 채병덕 참모총장은 전군에 인사이동을 하달하는데 북한군 남침 시 가장 중요한 방어지역인 포천과 의정부의 사단장들을 교체하였고, 서울 방어에 가장 주요한 7사단과 수도사단의 사단장을 전방사단과 맞바꾸는 등 불필요한 인사이동을 하였다. 또한 육군이 보유하고 있는 차량 총 1,500대 중 500대를 느

닷없이 정비를 해야 한다며 부평으로 후송하라는 명령을 내렸고, 중화기의 일부도 수리를 한다는 명목으로 부평으로 후송하도록 명령을 하달하였다.

둘째, 6월 11일에 발동한 비상계엄령을 23일에 해제했다. 6월 23일 낮에 미 군사고문단장 직무대리인 참모장 라이트(William H. Wright) 대령은 일본에 가 있는 로버츠(William Lynn Roberts) 준장의 전화 명령을 받고 채병덕 참모총장을 방문하였다. 이날의 대화에서 라이트 대령은 24일 밤에 한국 육군참모학교 구내의 장교구락부 개관을 축하하는 칵테일 파티를 열 것을 제안했다. 동시에 비상계엄령을 해제하도록 설득하였고 채병덕 참모총장은 이를 모두 수락한다. 채병덕은 라이트와 만난 이후 김백일 참모부장을 불러 6월 24일을 기해 전군에 비상계엄령을 해제하고 장병들의 휴가를 보내라고 명령한다. 물론 명목은 농번기에 장병들이 농사일을 돕도록 한다는 것이었다. 이렇게 하여 6월 24일 38선 근무병력의 3분의 1을 휴가 보내고, 나머지 병사들도 많이 외출, 외박을 시켰다.

셋째, 북한군이 서울을 점령하기 전, 채병덕 총장은 군차량이 한 대도 한강교를 건너지 못하게 하였다. 북한군이 서울을 점령하였을 때는 국군 1사단은 문산에서, 주력부대는 미아리에서 싸우고 있었고, 미군의 보급품과 국군의 군수품이 창고에 그대로 있었다. 그런데 채병덕 자신은 한강을 건너며 이러한 군수품과 보급품을 이동하라는 명령도 없이, 싸우고 있는 국군에 대하여 후퇴명령도 내리지 않고 최창식 공병감에게 한강교 폭파를 명령하여 6월 28일 새벽 2시 30분에 한강교를 폭파하였다. 그리하여 6월 28일까지 국군 6개 사단이 붕괴되었을 뿐만 아니라 군수품과 보급품은 고스란히 북한 인민군의 손에 넘어갔다. 이로써 국군의 거의 반수인 44,000여 명이 죽거나 포로가 되어 사실상 국군은 이때 괴멸 상태가 되고 말았다.

한국군을 총지휘해야 할 미 군사고문단장 로버츠 준장은 벌써 6월 10일에 정년퇴임을 했고 24일 밤에는 귀국을 위하여 동경에 가 있었다. 채병덕 참모총장에게 파티를 건의했던 직무대리 라이트 참모장은 막상 자기는 파티에 얼굴만 내비치고 주말 휴가를 명목으로 그날 밤 비행기를 타고 동경으로 떠나버렸다. 참모총장 채병덕의 행동도 이해할 수 없는 면이 한두 가지가 아니고 그의 부관인 라엄광 중위(28일 행방불명)란 자는 나중에 장교병적부에도 없는 남로당 공작원이었음이 밝혀졌다. 즉 채병덕과 6·25 남침은 직간접적으로 분명히 어떤 관련이 있는 것이다.

앞에서 말했듯이 1950년 1월 12일에 애치슨 미 국무장관의 이른바 '애치슨라인'이란 것이 선언되었는데, 트루먼은 애치슨 선언이 있기 1주일 전에 벌써 성명을 통해 한국과 대만에 군사적 불개입을 천명하였다. 동시에 미 통합참모본부에서 작성한 아시아에 관한 전략계획서에서 "미국은 한반도에서 전쟁이 발발한다 하여도 결코 무력수단으로 한국을 방어하지 않는다."고 명시하여 국제사회에 공개한 바 있었다. 그럼에도 불구하고 전쟁이 발발하자 미국은 하루 만에 공군을 투입해 전선에 개입하였으며, 이틀째 되던 27일에는 유엔안보리 이사회를 열어 연합군 파병결의를 통과시켰으며, 전쟁발발 5일 뒤인 30일에는 지상군 파병을 결정할 정도로 신속하고 발 빠르게 한국전쟁에 개입하고 있다.

미국은 "주한 미 군사고문단장 로버츠 준장으로부터도 남·북 간의 급박한 사태는 보고받은 바 없다."고 발뺌을 하지만, 설사 그랬다 하더라도 로버츠가 아니고도 정보 루트는 얼마든지 있었다. 주한 CIC는 물론, 주일 미 극동군 총사령부 제2부장 윌로비 소장(G2) 휘하의 캐논 첩보기관과, 역시 G2부장 휘하의 8240첩보부대, 그리고 미 공군 특수첩보대 등 최소한 4개 이상의 첩보기관이 북한, 만주, 연해주, 중국, 모스크바까지 원정해 첩보활동을 펼치고 있었기 때문에 그들로부터 워싱턴 통합참모본부와 CIA본부로 다량의 정보가 전송되고 있었다. 그중 캐논첩보기관과 8240첩보기관으로부터 1949년 6월 30일부터 6·25 직전까지 1년간 발송해 온 정보가 무려 1,195건이었고, 1950년 초부터 전쟁이 일어나기 전날까지 약 6개월간에 보고된 정보건수 만도 417건이나 되었다. 그 때문에 미국이 북한의 남침계획을 몰랐다고 한 것은 처음부터 말이 성립될 수 없다.

중국이 한국전에 참전한 이후에도 효과적으로 이를 저지할 방법이 있었는데도 일부러 그들을 한반도 깊숙이 끌어들이고 있는 감이 있다. 인천상륙작전 이후, 한·미 연합군이 압록강까지 밀고 올라갔을 때, 중공군은 참전을 선언하고 압록강을 도강하고 있었다. 이때 압록강과 두만강 다리를 폭파하면 중공군의 도강을 저지 내지는 지연시킬 수 있었는데도 미 통합참모부는 무슨 이유에서인지 폭격금지 명령을 내린 상태였다. 맥아더 장군은 중공군의 도강을 방치하고만 있을 수 없었기 때문에 통합참모부의 명령을 어기고 압록강과 두만강 유역 6곳의 교량을 즉시 공중폭격하라고 명령을 내린다. 맥아더는 대거 참전한 중공군에 대비하여 본국에 병력과 군장비 및 보급품 지원을 요청했지만 묵살되었기 때문에 이에 맞서 싸울 것이 걱정되었기 때문이다. 그런데 맥아더의 폭파

명령은 워싱턴에서 날아온 전보에 의해 즉시 철회되고 말았다. "한·만 국경에서 북한 쪽으로 2km 범위에 있는 모든 목표물에 대한 폭격을 금지하라."는 마셜 국방장관의 명령을 받았기 때문이다. 마셜은 워싱턴에 앉아서 천하를 읽었고 전후 평화질서를 창출해낸 사람이다. 맥아더와는 1880년생 동갑내기로 같은 5성 장군이지만 서로는 뱀을 보듯이 싫어했다. 맥아더가 웨스트포인트 출신으로 1925년 미 육군 사상 최연소(45세) 소장 진급을 하고 1930년에 참모총장에 임명되는 데 반하여, 마셜은 버지니아 군사학교 출신에 지나지 않지만, 대기만성형인 그는 1953년 마셜플랜으로 전후 유럽 부흥에 기여한 공로로 노벨평화상을 수상하게 된다.

기고만장하던 맥아더는 트루먼 대통령까지도 한껏 업신여기다가 51년 4월 11일에 해임당한다. 트루먼은 맥아더가 자기를 해임할 것을 눈치채고 미리 사표를 내지 못하도록 새벽 1시에 보도 자료를 배포하는 치밀성을 보인다.

트루먼으로 말할 것 같으면 대학 졸업장도 없을 뿐만 아니라 주 방위군 계급장이 전부인 속칭 '미주리 촌놈'이었다. 맥아더의 이미지는 어딜 가나 선글라스에 수제 콘파이프(옥수수자루로 만든 담배 파이프) 그리고 삐딱하게 쓴 헌 모자이다. 맥아더의 모자는 미 육군 모자가 아니다. 필리핀 육군원

수로 취임했을 때 필리핀 대통령이 기념으로 만들어준 것이었다. 그가 그 모자를 고집한 이유는 다른 누구도 아닌 더글러스 맥아더라는 인간 하나만을 위하여 만들어졌다는 유니크한 모자였기 때문이지만 보는 사람은 심기가 편하지 않았다. 맥아더는 또한 일본에 주둔한 6년 동안에 단 한 번도 일본 이외 지역에서 잠을 잔 적이 없다. 그가 한국이건 필리핀, 대만 등 타지에 간 적은 있지만 모두 당일로 일을 마치고 일본으로 날아왔고, 잠은 반드시 그의 숙소인 데이코쿠(帝國)호텔(Imperial Hotel. 1952년까지 무려 8년간 미군의 숙소로 사용)에서 잤다. 알고 보면 맥아더에 대한 공격은 트루먼과 마셜의 합작품이었다.

  마셜이 맥아더에게 한·만 국경의 폭격을 금지하였을 때, 미 극동군 총사령부에는 중국 제4야전군 휘하의 제38, 제39 그리고 제40군단이 교량을 건너 신의주로 들어오고 있다는 정보가 들어오고 있었다. 다급한 맥아더는 강력한 항의 전문을 워싱턴에 보내 교량 폭파를 금지하려면 중공군의 병력에 대응할 수 있는 무기와 장비를 긴급히 지원해 달라고 요청하였다. 그때에야 비로소 워싱턴에서는 제한적 폭격을 승인하였다. "압록강 교량을 북·중 절반으로 나누어 북한 쪽만 폭파할 것."과 "압록강 이북 영공을 침범하지 말 것."이었다. 제한적 폭격을 하기 위하여 폭격기가 출격하자 중공군은 완충지역에서 일제히 고사포 사격을 퍼부었다. 그러나 폭격 제한 때문에 고사포에 대한 반격을 할 수 없었을 뿐만 아니라 적 미그기가 출격하여 폭격을 방해했지만, 추격도 할 수 없었다. 통합작전본부에서는 또 명령이 하달되었다. "만주 방향으로 도주하는 북한군에 대하여 모든 폭격이나 기총소사를 금지할 것."과 "압록강 수풍 수력발전소를 폭격하지 말 것."이었다. 수풍 수력발전소는 북한뿐만 아니라 만주와 시베리아 지역까지 전기를 공급하는 곳이어서 폭격을 하면 중공군과 북한군에 막대한 타격을 줄 수 있는 카드인데도 그 카드의 사용금지령을 내린 것이다. 특히 중국 북동부 랴오닝성, 지린성, 헤이룽장성의 3성에 형성된 종합공업지대가 압록강 수풍댐의 전력을 쓰고 있었던 것이다.

"전쟁이 있는 곳에 미국의 이익이 있다."란 말이 있듯이 미국은 전쟁을 만들지 않고서는 유지되기 어려운 나라이다. 미국은 제2차 세계대전의 예상치 못한 조기 종전으로 인하여 잉여 전쟁물자 때문에 시달리고 있었을 때 마침 중국에서 국공내전이 벌어졌다. 미국은 장제스 국부군에게 다량의 군수물자를 제공함으로써 경제공황의 타개책으로 삼으려 하였으나 장제스군은 마오의 공산군에서 여지없이 패배당하고 말았다.

  뒤이어 다행히 한국에서 6·25 전쟁이 벌어짐으로 절호의 불황 타개책이 생긴 것이다. 이제 압록강과 한강 사이를 오르락내리락 하면서 잉여 전쟁물자를 소비하고 미국을 재무장하면 되는 것이었다. 당시 미국 정부는 군비축소 방침에 따라 숙련된 2차 대전 참전용사들은 대부분 퇴역을 하였고 국방예산은 1945년 전쟁이 끝남과 동시에 연 909억 달러이던 것이 103억 달러로 삭감되었고, 병력은 하루에 15,000명씩 제대를 하여 1,200만 명이던 미군 병력이 1947년 초에는 150만 명밖에 안 되었다. 예산이고 병력이고 거의 10분의 1 수준으로 감소하여 있었다. 한국에는 상징적인 병력만이 남아 있었고 극동지역 미군의 43%는 전투력과 정보력 자체평가에서 최하위 등급인 4-5등급을 받았다.

2

　다시 앞의 얘기로 돌아와서, 6월 24일 저녁에는 육군 장교 구락부 개관 축하파티를 열어 채병덕 총참모장 이하 군 수뇌부와 전국 주요 지휘관과 미 고문단 요원들까지 밤늦은 줄 모르게 술을 마셨다. 몇 달째 지속되던 경계령이 해제된 데다가 주말 밤이기도 해서 육군본부의 국장, 과장, 실장을 위시하여 군 수뇌부와 일선 지휘관을 포함해서 50여 명의 고급 장교들이 참가하였고, 재경 미 군사고문단 장교들도 여러 명이 참석하였다. 그날 파티는 2차로 국일관에 가서 새벽 2시까지 음주가 계속되었는데 술값은 연합신문 주필 정국은(鄭國殷. 1919년생)이 냈다. 그 날 새벽 북한군이 38선을 넘어서 밀고 내려오고 있을 때 대부분이 곯아떨어져 잠을 자고 있었던 것이다. 정국은은 휴전협정 직후 간첩혐의로 체포되어 여섯 달 만인 1954년 2월에 사형을 당했다는데, 실은 여기에 엄청난 미스터리가 있는 것이었다.

한국전쟁의 가장 큰 미스터리 중의 하나가 간첩 정국은 사건이다. 그는 1953년 12월 5일 군사재판에서 사형을 선고받았고, 54년 2월 19일 사형이 집행되었다고 했다. 사형 집행이 이렇게 지연된 것은 한국 사법사상 처음 있는 일이다. 국방장관보다 더 윗선의 힘이 작용하지 않으면 있을 수 없는 일이었다. 그나마도 정국은을 사형에 처한 장면을 본 사람도 없고 시체를 확인한 사람도 없다.

54년 1월 23일 2시에 홍제원 화장터 근처에서 일반 공개리에 총살형에 처하기로 한 정국은을 보기 위하여, 홍제원 화장터에는 찬 바람이 몰아치는 매서운 추위에도 불구하고 아침부터 인파가 몰리기 시작하여 정오 무렵이 되자 수천 명이 북새통을 이루고 있었다. 서울뿐만 아니라 지방에서 올라온 언론사의 기자들은 정국은을 손꼽아 기다리고 있었으나 그 본인도 그의 시체도 구경할 수가 없었다.

조선조 때 마을 이름이 홍제원이었을 때는 마을 곁을 흐르는 홍제천이 맑아서 토종 물고기들이 많았다. 몸이 더럽혀진 여인들은 이곳에서 목욕을 하면 그 욕이 씻어진다는 말이 있어 불원천리하고 찾아들곤 하던 곳이다. 그러나 사형장이 생기고 화장터가 생기면서 시신이 나가는 길목엔 죽은 자의 명복을 비는 무당의 집들이 즐비하게 들어섰다.

홍제원에 모인 사람들은 술렁이기 시작하였는데 오후 2시가 넘자 손원일 국방장관의 보도관제가 내려졌다. 이른바 오프 더 레코드(Off The Record. 비공개)였던 것이다. 언론사 기자들은 이해할 수가 없었다. 비공개라는 보도관제라면 사형집행을 함구하라는 의미일 터인데 정작 정국은의 사형조차 확인할 길이 없었기 때문이다. 기자들은 하나라도 알기 위하여 집행장소가 변경되었는지 집행 연기가 되었는지 국방부에 질문하였으나 보도관제를 내린 국방부가 일체 함구해버리고 만 것이다. 그리고는 2월에 일부 언론사들이 '국제스파이 사건 주범 정국은 사형집행'이라는 헤드라인을 내보냈다. 그로부터 며칠 후 백두진 국무총리와 출입기자 사이에 열린 간담회에서 정국은에 대하여 기자들이 질문을 하였으나 "변동사항을 보고 받은 바 없다."고 하는 아리송한 답변만 하였다. 기자들이 "그러면 집행은 이미 공개리에 끝난 것인가?"라고 묻자, "오늘 아침 신문에 부인이 옷 보따리를 가지고 형무소에 면회하러 갔다고 나 있는 것을 보았다. 자세한 것은 국방부 소관이기 때문에 그 이상 모르겠다."는 답변이 돌아왔다. 기자들은 어이가 없었다. 자기들이 쓴 부정확한 기사를 국무총리라는 사람이 그대로 인용하고 있기 때문이었다. 기자들은 이번에는 국방부장관에게 끈질기게 물고 늘어졌다. 군사재판의 결정권자가 국방장관인 것은 물론이고 국무총리마저 국방장관 소관이라고 한 바에야 그는 피해 갈 길이 없었다. 그런데 손원일 국방장관의 답변은 더 알다가도 모를 선문답이었다. "정국은은 있던 그 자리에 있다."라고만 하였다. 그 자리가 형무소인지 공동묘지 인지도 해명하지 않고 그 이상은 침묵해 버리고 만 것이다.

그런데 그 후 경남 의령(宜寧)에서 민의원에 입후보한 무소속의 전성환(田成煥. 전 해군대령. 당시 변호사)은 의령군 낙서면에서 정견발표를 하면서 "10년 전 사형이 집행되었다는 정국은은 현재 미국 뉴욕에서 미국 정부의 일을 보고 있으며, 더욱 정 씨는 그의 이름을 정국환(鄭國煥)으로 개명하고 얼굴도 성형수술을 해서 옛 모습이 아니다."라고 폭로하였다. 전성환은 자신의 발언 근거를 '정국은이 그의 부인에게 보내온 최근의 서신 내용'에 둔 것이라고 지적하면서, 정국은의 부인으로부터 정국은 사건의 재심 요청 의뢰를 받았으며 재심의 법정대리인으로 위임받았다고 했다. 그는 자신이 5대 국회의원에 당선되면 정 씨의 사형집행 여부를 밝히는 것은 물론, 집행이 되었다면 정 씨로 가장되어 억울하게 희생된 사람의 신분도 밝혀내겠다고 하였다. 그러나 전성환은 5대 국회의원에 낙선되었고 정국은 부인의 재심 요청도 기각되고 말았다.

   정국은을 말하기 전에 먼저 채병덕을 말할 필요가 있다. 이들 둘은 일본과 밀접한 관계를 맺고 있다. 채병덕은 평양 공립중학교를 졸업하고, 일본 육군사관학교를 졸업(49기)하며 일본군 소위로 임관되었던 자이다. 그 뒤로 일본군 포공학교를 졸업하여 무기 생산 분야에 종사했고, 45년 일본 패전 때는 소령의 신분으로 부평조병창(富平造兵廠)의 제1공장장을 맡고 있었다. 46년 국방경비대가 창설되자 기간요원으로 특채되어 군사영어학교를 졸업하게 되고 대위로 임관되었으며, 이어서 국방경비대의 제1연대장, 제1보급 부대장, 병기부대 사령관, 후방부대 사령관, 제4여단장 등을 역임했었다. 48년 8월에는 미 군정 통위부(현 국방부) 총참모장이 되고 12월에는 육군 준장으로 승진했다. 49년 2월에 육군 소장으로 승진했고, 동 1월부터 10월까지 육군참모총장직을 맡는다. 그러던 중 남북교역 사건으로 선배인 김석원 장군과 충돌하여 같이 예편되었다. 그러나 동 12월에 현역에 복귀하여 국방부 병기행정본부장에 임용되었고, 50년 4월 21일에 육군참모총장에 재임용되었다. 6·25 사변이 일어나 연전연패하고 인민군이 3일 만에 서울을 점령하게 되고 다시 패전을 거듭하자 육군참모총장은 정일권으로 교체된다.

정국은은, 일제 강점기의 친일파로서 일본 아사히신문 서울지국의 기자를 하였고, 8·15 해방 이후에 남로당에 가입하여 기간지 《국제신문》의 편집국장으로 공산주의 선전에 앞장섰다. 49년에 반민특위에 의해 경기도 경찰의 끄나풀로 일했다는 혐의로 체포되었다가 병보석으로 풀려나온 바 있다. 정국은은 박흥식 등 거물급 친일파와 함께 반민특위 활동 초기에 검거되었는데 당시 나이는 32세였다. 병보석으로 석방되어서는 《국방신문》을 경영하며 군사기밀을 탐지하여 공산당에 정보를 제공하였다. 그 후 수사기관에서 조사가 시작되자 《연합신문》 주일 특파원이 되어 동경으로 도피하였고 조총련계의 비호를 받으며 비밀리에 활동을 계속하였다. 50년 6·25 전쟁이 발발하자 국제연합군 기자구락부에 소속되어 종군기자로 참전하여 군사정보 수집을 계속하다가 그 정체가 드러나자 국제연합군 사령부로부터 추방 명령을 받았다. 국제연합군 사령부는 한국 전쟁에 참전하는 모든 자유 진영의 군대를 통솔하기 위해 유엔 안보리 결의에 따라 50년

7월 24일 동경에 설립된 총본부이다.

   정국은은 일제 강점기에 아사히신문 서울지국 기자로 일할 때 아사히신문 본사에 들른 적이 있다. 그때 아사히신문의 미모의 여기자 사유리(小白合) 짱을 알게 된다. 그녀는 일본 여성 특유의 새소리 같은 교성(嬌聲)과 애교는 그대로 지니고 있으면서도 미모가 훤칠한 비교적 활달한 현대 여성이었다. 짙은 눈썹에 앵두처럼 조그마한 입술을 가진 동그스름한 얼굴의 전형적인 일본 미녀형을 겸비한 여인이었다. 듣기로는 자기 아버지가 해군 제독의 부관이었는데 패전 소식을 듣고 할복자살하였다고 한다. 그래서 그런지 애교 넘치는 일본 여성이면서도 눈에서 가끔 번득이는 섬광이 스쳐 가는 것을 감지할 수 있었다. 본사 안에서는 잠깐 소개받고 몇 마디 말을 하며 무척 호감이 가는 여성이구나 정도로 느끼고 지나쳤던 사람이다. 동경외국어대학 영미어과를 갓 졸업했다는 그녀는 일본인 지식인들이 모두 그렇듯이 미국에 대하여 아주 관심이 많았던 것이 인상적이었다. 그런데 그녀를 긴자 번화가에서 우연히 단둘이 만나게 되었다.

  "아라! 한국에서 온 정국은 상이지요?"

  "네, 사유리 짱. 웬일이세요. 밖에서 뵈니 반갑네요."

  "혼자이십니까?"

"네, 혼자 거리 구경을 하고 있어요. 한국에 가져갈 오미야게(御土産)라도 있나 해서 이것저것 보고 있습니다."

"저도 오늘은 별로 바쁘지 않은데 제가 안내해 드릴까요?"

"영광이지요. 일본이 이렇게 엄청난 나라인지 잘 모르고 있었습니다."

"이 뒤에 새로 생긴 깃사탱(喫茶店)이 있는데 제가 안내하겠습니다."

번화가에서 한 블록 안으로 들어가니 식당가가 즐비한데 여러 가지 놀이문화가 섞여 있어 한국에서는 상상도 못 할 광경들이 펼쳐지고 있었다. 경성에서는 본정통 1정목(충무로)에서 모던한 멋쟁이들이 드나드는 모습을 보았지만, 긴자의 거리는 그보다 열 배는 더 찬란했다. 깃사탱이라는 찻집에서 처음으로 고히(커피)를 마셔보았다.

"아라! 정 상은 고히를 처음 마셔보십니까? 호호호호…."

"네, 처음 마셔봅니다."

정국은은 멋쩍어서 손가락으로 머리를 긁었다. 사유리는 미쓰코시 백화점을 위시하여 여기저기 번화가를 안내했고 저녁에는 미도리야 스시집에서 같이 식사를 했다. 미도리야는 기모노를 입은 40대 중반의 아주머니 두 명이 서빙을 하는데 두 사람 다 무척 교양 있고 예의 발랐다. 사유리와는 아는 사이인지 서로 반갑게 인사하였고 오짜(御茶)를 따르는 모습도 각별히 공손했다. 사유리는 다다미방에 꿇어앉아 맞은편에 앉은 정국은의 식사를 돕기도 했는데, 정국은은 레몬을 짜려는 사유리에게 "제가 하겠습니다." 하며 사양하려던 손길이 그만 사유리의 손을 가볍게 잡고 말았다. 활달한 사유리였지만 남성의 손이 얹히자 얼굴이 홍당무가 되었다. 둘은 어느덧 상당히 가까운 사이가 되었고 한국으로 돌아올 때는 용기를 내어 포옹하고 키스를 했으나 사유리는 기다렸다는 듯이 사양하지 않고 몸을 맡겼다. 시간만 더 있었으면 더 깊은 단계로 진전할 수 있었을 텐데 시간이 없었던 것이 한스러웠다.

해방정국에서 어느 날 박헌영이 정국은에게 좀 만나자는 연락이 왔다.

"정 선생의 이름은 익히 들어서 알고 있습니다. 정 선생 같은 엘리트가 국가를 위하여 일해야 할 때가 왔습니다."

"저도 어떤 방법으로 국가에 봉사할까 모색하던 중이었습니다."

"조선공산당에 입당해 주세요. 우리 민족이 나아가야 할 길은 사회주의 국가건설밖에 없습니다."

"좋습니다. 그런데 선생님, 저는 지금까지 민족에 반하는 친일을 해왔습니다. 우리가 독립이 될 것이라고는 생각지 못했지요."

"알고 있습니다. 우리 힘으로 독립이 불가능했던 것도 사실이지요. 그러니 더 멸사봉공하여 속죄하는 마음으로 국가를 위하여 일해 주세요."

"알겠습니다. 지금까지 저만이 가지고 있던 모든 유력한 비밀 수단들을 국가를 위하여 다 쏟겠습니다."

정국은은 흔쾌히 응낙하였다. 1948년 9월 9일 조선민주주의인민공화국이 수립되었다면서 박헌영은 정국은이 북한의 문화선전성 부부장이 되었다고 임명장을 가져왔다. 그런데 부부장이란 것이 어떤 직책인지는 말해주지 않았다. 인민무력부처럼 장이 부장(部長)이라면 부부장의 직책이 있을 법도 하다. 그러나 문화선전성인 경우는 장이 문화선전상이기 때문에 차관에 해당하는 직제는 부상(副相)이다. 북한의 초대 문화선전상은 연안파 허정숙이었고 부상은 소련파 기석복이었다. 즉 정국은의 문화선전성 부부장이라는 직책은 명예직이었던 것이다.

정국은은 처음에는 남로당 기관지 《국제신문》이라는 간판을 내걸고 남조선노동당의 정치 노선을 선전하다가 '국제통신사'를 만들어 더욱 활동무대를 넓힌다. 국제통신사는 대중의 인기를 모으는 가운데 주로 소련의 《타스통신》을 수신하여 연재하였다. 이 때문에 당국으로부터 폐간을 당하고 정국은은 반민밀정 혐의로 반민특위에 체포당하였으나 가까스로 병보석으로 풀려났던 것이다. 그 뒤 그는 다시 언론계 활동을 재개하여 군 수뇌부들과 접촉하였고 육군본부의 기관지 《철군(鐵軍)》의 판권을 인수하여 이름을 《국방신문》이라 고쳐 발간하였다. 정국은은 신문의 위력을 이용하여 군 고위층과 긴밀한 관계를 유지하였는데, 이 과정에서 채병덕과도 가까운 사이가 되었다. 언론의 효력을 안 채병덕은 오히려 정국은을 이용하여 자기의 출세 기반으로 삼고자 하였다. 정국은은 군 고위층과의 관계와 국방신문을 통하여 미국의 군사원조를 상세히 알게 되었고 이를 낱낱이 박헌영에게 보고하였다. 그는 또 한편 《태양신문》 가두 판을 발행하여 남조선노동당의 정치 노선에 유리하게 논설을 전개하였다. 《국방신문》과 《태양신문》이 다시 폐간되고 남조선노동당 간부들이 당국에 의해 체포당하는 사건이 벌어지자 그는 수사망을 피하여 신속히 일본으로 피신한다.

그런데 그가 일본으로 피신할 때의 신분은 《연합신문》 주일 특파원이라는 합법적인 신분이었다. 그가 떳떳한 신분으로 도일(渡日)할 수 있는 데는 채병덕의 개인적인 비호가 있었고 남로당 당원들의 협조가 있었다. 남로당의 거물급 간첩인 김삼룡(金三龍)의 비서 김형륙(金炯六)은 정국은이 도일할 수 있게 모든 수속을 직접 대신하였다. 정국은이 일본에 도착하여서는 동경을 무대로 음악평론가 박용구와 함께 조선인연맹의 보호를 받으며 첩보활동을 전개하였다.

3

 그런데 정국은이 사유리와 헤어져 귀국하고, 이어서 다시 일본으로 들어올 때까지 정국은의 뇌리에서 하루도 떠나지 않았던 그림자가 바로 사유리였다. 사유리만 생각하면 모든 근심걱정이 사라졌고 삶의 의욕이 솟구쳤고 얼굴에 미소가 피어올랐다. 정국은은 동경에 도착한 첫날에 사유리에게 연락하였다. 기겁을 하고 놀란 사유리는 "이게 꿈이 아니지요?" 하는 외마디를 지르고 모든 것 다 팽개치고 뛰어나왔다. 사유리도 실은 일본인과는 다른 사나이풍의 한국 청년을 무척 동경하고 있었다. 두 남녀는 자연스럽게 그날 저녁 료캉에서 하룻밤을 지새웠다. 열정의 몸부림이 끝나고 다음

게임을 위하여 잠깐 휴식을 취하는 사이에 사유리는 오짜를 따랐다. 그리고 정국은이 한국을 나가고 없을 때 있었던 이 야기를 마치 보고하지 않으면 안 되는 의무라도 있는 듯 모 두 털어놓았다.

 자기의 책임 부서는 자기가 영어를 할 줄 안다는 이유로 미군 전담이 되었다고 했다. 그런데 미군 중에서도 맥아더 쪽이 아니고 윌로비(Charles A. Willoughby) 소장 쪽이라고 했다. 일본에는 맥아더를 총사령관으로 하는 연합군 최고사령부(GHQ. 연합국군 최고사령관 총사령부〔SCAP〕라고도 함)라는 곳이 있고, 가장 예민한 작전이나 군사기밀을 다루는 극동사령부(FEC. Far East Command) 제2부장 찰스 A. 윌로비 정보관(G2)이 있었다. 극동사령부 G2는 물론 GHQ 의 산하기관이지만 거의 독립기관처럼 발언권이 셌고, 맥아더는 윌로비가 제공하는 정보에 의하여 모든 작전계획을 짜야했다. 윌로비는 본국의 미 통합참모부(JCS. Joint Chiefs of Staff)와 마셜 국방장관의 지시를 직접 받고 있었다. KLO (주한 연락사무소)도 동경의 극동군 사령부 정보참모부(G2) 휘하의 제441 CIC 파견대의 지시를 따르고 있었다.

 맥아더와 윌로비의 관계를 알려면 먼저 맥아더와 트루먼의 관계를 이해해야 한다. 맥아더와 트루먼은 묘한 정적관계에 있었다. 맥아더는 웨스트포인트 제1기 수석졸업자로서 졸업성적 평균 98.14점을 받은 군 최고의 명성을 가지고 있었으며 1, 2차 세계대전에 모두 참가하여 미군 최연소 사단장을 역임하였다. 1차 대전 때 맥아더가 육군 소장일 때 트루먼은 자기 휘하의 일개 포병대위에 지나지 않았다. 맥아더는 1937년에 퇴임하였으나 2차 세계대전이 발발하자 39년에 참전을 자원하였으며, 41년 현역 복귀와 동시에 극동군 최고사령관에 부임하였고, 45년 일본군을 격파하고 필리핀에 상륙하였으며, 동년 9월 2일에는 일왕의 항복을 받아냈고, 50년 한국전쟁에서는 인천상륙작전에 성공함으로 '전쟁의 신'이라는 칭호를 받았다. 거기에 비하여 트루먼은 웨스트포인트 진학이 오랜 꿈이었으나 시력이 나빠서 포기하지 않으면 안 되었다. 1차 세계대전 때 시력검사표를 전부 외워 겨우 포병장교로 입대되었다. 정치적으로도 민주당 소속인 트루먼으로서는 공화당인 맥아더와는 노선이 달랐다. 더구나 맥아더는 한국전쟁이 발발하기 전인 1944년과 1948년의 두 차례나 공화당 대통령후보 경선에 도전한 적이 있다.

 맥아더와 트루먼의 기 싸움은 웨이크섬 회담에서 여실히 드러났다. 50년 10월 15일 태평양 상의 웨이크섬에서 역사적인 회담이 이루어진 것은 한국전에서 중공군의 개입 가능성을 토의하기 위한 것이었다. 트루먼은 워싱턴으로 들어오는 정보들을 접하고 중공군이 참전할 것을 알고 있었다. 10월 2일 중국의 저우언라이 총리는 밤중에 북경주재 인도대사 파니카르를 불러 "미국이 38선을 넘으면 중국이 가만있을 수 없다."고 경고하였다. 그러나 맥아더는 너무나 자신에 차 있었다. 중국의 참전 여부를 묻는 트루먼에게 "중공군의 개입은 없을 것이오."하고 거드름을 피웠다. 맥아더는, 그들이 혹시 한두 달 전에 개입했더라면 유효할 수 있었는데 이제 그럴 가능성이 없다고 했다. 중공은 만주에 약 30만 병력을 보유하고 있고 그중 10만 내지 12만 5천 명이 압록강 연안에 배치되어 있는데 혹시 압록강을 도강한다면 그중에서 5-6만 명 정도일 것이라고 했다. 맥아더는 이어 설명했다. 공군력이 없는 그들이 평양 쪽으로 내려온다면 역사상 유례없는 대살육전이 벌어질 것이라고.

트루먼은 호놀룰루에서 웨이크섬(워싱턴보다 맥아더가 주둔한 동경에 가까움)으로 가기 위하여 10월 15일 새벽 6시 30분에 출발하면서부터 감정이 상해 있었다. 감히 야전군 사령관이 미합중국 대통령을 부하 부리듯이 태평양 한가운데로 오라고 하다니, 우환 중에 웨이크섬에서의 그의 태도는 분노를 자아내기에 충분했다. 겨우 30분 전에 비행장에

나와서 기다리던 맥아더는 트루먼에게 전혀 상관 대접을 하지 않았고, 보는 사람은 차라리 맥아더가 우위로 보일 정도였다. 트루먼은 정장을 하였는데 맥아더는 작업복 차림에 윗옷의 단추는 풀어져 있었다. 낡은 모자를 삐딱하게 쓰고 대통령인 트루먼에게 경례도 붙이지 않았으며 같이 동석한 육군장관 프랭크 페이스에게도 경례를 하지 않았다. 그는 뚜벅뚜벅 걸어가 그의 특유의 오만한 태도로 트루먼의 오른팔을 흔들고 악수하였을 뿐이었다. 트루먼은 순간 화가 났으나 한편 생각하면 오히려 잘 됐다 싶었다. 맥아더가 이처럼 오판을 하고 있음으로써 한국전을 오래 끌 수 있으며 사 불리하면 잘라버리고 다른 사람을 임명하면 되기 때문이다. 그때는 벌써 인천상륙작전을 성공하여 맥아더의 기세는 하늘을 찌를 때였다. 작전명 크로마이트(Chromite)라는 인천상륙작전은 해군의 일부 인사들이 성공률 5,000분의 1이라고 주장하며 격렬히 반대했던 작전이다. 2차 세계대전 당시 노르망디 상륙작전의 준비기간이 1년이나 된데 비하여 인천상륙작전은 단 한 달간의 구상으로 실행하여야 했다. 그러나 맥아더의 머릿속에는 노르망디 상륙작전을 성공한 패튼 장군의 모습만 자기와 겹쳐 보이고 있었다. 트루먼은 미 해군 인사들의 말에 코웃음을 쳤다. 성공률 5,000분의 1이라니? 그것은 강군이 지키고 있을 때 이야기이고, 지금은 중공군도 참전하지 않은 약한 이북을 상대로 세계에서 가장 강한 미국이 세계 16개국 군대를 이끌고 온 마당에, 차라리 성공률 100%라고 해야 옳은 말이라고 거드름을 피웠다.

트루먼의 입장에서는 성공하였으니 망정이지 실패하였으면 고스란히 자기에게 책임이 전가될 것은 뻔한 일이었다. 생각하면 할수록 괘씸한 일이 아닐 수 없었다. 전략적으로도 갑자기 한반도의 허리를 잘라버렸기 때문에 부산까지 내려온 인민군은 퇴로가 막힘으로써 남반부는 동족상잔의 아수라장이 되고 말았다. 맥아더는 한국 국민이 어떻게 되는 것쯤은 아예 고려의 대상도 아니었다.

맥아더는 속전속결을 바라고 장병들에게 크리스마스는 본국에 가서 보낼 것이라고 호언장담하였던 것이다. 그러나 갑작스러운 중공군의 참전으로 말미암아 모든 것이 다 발목이 잡히고 말았다. 그는 드디어 트루먼에 의하여 51년 4월 11일 해임되고 매슈 리지웨이(제8군사령관은 이미 50년 12월 25일 임명됨)로 후임 사령관이 교체되고 말았다. 한국전쟁을 다룬 『종이호랑이 꼬리』를 쓴 종군지가 오에치피 킹(O.H.P. King)이 동경 다이이치 빌딩의 전 맥아더 집무실에서 리지웨이와 인터뷰하였다.

"장군! 승리의 소임을 부여받은 군인으로서 목표가 결코 승리가 아닌 제한전쟁 수행을 강요받고 있는데, 거기에 대하여 일말의 후회를 느끼지 않습니까?"

"나는 미 국방부의 지시에 따라 행동할 뿐입니다."

"저도 그 점은 알고 있습니다. 그러나 제가 말하고자 하는 것은 개인적으로 장군이 본부의 속박 대신에 전투의 승리를 위한 명령, 병력, 군수물자를 절실하게 바라지 않느냐는 말입니다. 보도를 위해서가 아니라 은밀하게 장군의 속마음이 어떤지 알고 싶어서 하는 질문입니다."

"나는 미 국방부의 명령에 의문을 갖지 않습니다."

맥아더처럼 날뛰다가 잘리는 불행한 군인이 되지 않고 자기는 트루먼 대통령과 미 국방부의 방침(=윌로비의 지시)대로 제한전쟁을 하기 위한 지연 작전의 소모전을 충실히 이행하겠다는 간접 표명이었다.

건강한 두 남녀의 정국은과 사유리는 료캉에서 그날 밤 여덟 번의 운우지정을 나누었다. 다음날은 느지막하게 일어나서 요요기 공원을 산책하고 요요기의 젊음의 거리에서 이것저것 주전부리로 점심을 때웠다. 오후에는 신주쿠로 돌아와 교엔(御苑)에서 데이트하였다. 교엔에서는 그 드넓은 숲과

망망한 잔디밭을 보며 서로는 사랑이 영원하기를 바랐다. 두 청춘남녀는 양지바른 잔디밭에 벌렁 드러누워 흰 구름 흘러가는 파란 하늘을 쳐다보았다. 옆에 다른 청춘남녀들도 짙은 사랑 표시를 하는 것이 눈에 띄었다. 정국은은 사유리의 손을 잡고 있다가 슬그머니 사유리의 배 위로 올라갔다. 사유리는 행복하게 받아들였고 주위의 다른 청춘들도 모르는 척 눈감아 주었다. 그날 저녁도 같은 료캉에서 투숙하였다. 둘째 날은 네 번의 운우지정을 나누었다. 아침에 눈을 뜬 것은 11시가 다 돼서 료캉의 오바상이 "오캭 상(손님), 오캭 상! 식사 준비할까요?"하고 부르는 바람에 겨우 부스스 눈을 떴다. 둘은 유카타(浴衣)만 입고 오바상이 날라다 준 정성 어린 식사를 하면서 정국은은 사유리에게 농을 하고 싶어졌다.

"사유리! 우리 몇 번인 줄 알아?"

"뭐가요?"

"열두 번이야. 첫날 여덟 번, 둘째 날 네 번, 합이 열두 번."

"어머! 그걸 다 세고 있었어요?"

사유리는 얼굴을 붉히며 젓가락 든 손으로 때리는 흉내를 한다. 둘은 마냥 행복하기만 하였다.

정국은은 《연합신문》 주일 특파원이라는 신분인 데다가 미모의 젊은 여기자 사유리가, 가는 곳마다 동행해 줌으로서 일본에서 무소불위의 행동을 할 수 있었다. 주일 미군의 동태며 일본 고위층의 동태까지 모두 알 수 있는 한국의 최전선 기자가 되고 말았다. 사유리는 특히 캐논 기관의 캐논(Jack Y. Canon) 육군 소령과 G2 부장 윌로비 소장과는 막역한 사이가 되어 있었다. G2 산하의 캐논 소령은 은근히 사유리를 사모하고 있는 사이였고, 윌로비 소장 역시 사유리를 반은 이성으로 반은 우정으로 대하는 사이였다. 사유리가 정국은을 대동하고 혼고(本鄕)의 구 이와사키 별택에 본부를 둔 캐논 기관을 방문했을 때 미군 첩보원들은 모두 자기들과 물이 다른 동양의 선남선녀의 모습에 취해 있었다. 캐논의 안내를 받으며 캐논 사무실로 들어가는 남녀를 본 미군들은 만면에 웃음을 띠고 가벼운 탄성을 발하기도 하였다. 소파에 앉자마자 부관이 차를 따르고 다른 부관은 오카시(과자류)를 가져오고 야단이 났다. 병사들은 캐논의 눈치를 보며 흥미진진한 한 편의 드라마를 보는 눈치였다. 그들은 모두 캐논이 사유리를 좋아하고 있다는 것을 잘 알고 있었기 때문이다. 정국은과 사유리의 거동을 보건대 연인관계가 분명한데 과연 캐논이 어떻게 나올까? 그러나 캐논은 결단이 빨랐다. 보자 하니 둘은 벌써 깊은 관계로 맺어진 것이 분명한데 여기서 헛수작 해보았자 자기만 꿩 떨어진 매가 되기 때문에 흔쾌히 웃으며 두 사람의 관계를 인정하였다.

  캐논기관(Canon Unit)은 당시 미군정 측의 공식명칭이 아니고 후에 일본의 매스컴이 붙인 이름이다. 일반적으로는 캐논기관, 제트기관(Z機關), 혼고기관이라고도 불렀는데 그들이 제공하는 정보의 양은 실로 엄청났다. 캐논 소령은 태평양전쟁 종전 후에 미 군정의 정보를 총괄하는 G2의 정보장교로 참가하는데, 캐논의 유능함을 인정하여 윌로비가 점령정책을 시행하는데 필요한 정보수집을 위해 49년에 은밀하게 캐논을 수장으로 하는 하나의 조직을 만든 것이다. 캐논기관은 일본인 공작원 조직인 시목판기관(柿の木坂機關. 가키노 기자카 기칸), 시판기관(矢板機關. 야이타 기칸), 일고기관(日高機關. 히다카 기칸) 등을 산하에 거느리고 있었다.

  캐논은 어딘가로 한참 전화를 하고 자리로 돌아오더니 갑자기 윌로비 소장을 만나러 가자고 하였다. 자기는 지프차의 조수석에 앉고 정국은과 사유리를 뒷좌석에 앉으라 하였다. 다이이치 빌딩에 이르자 부관들이 기다리고 있다가 경례를 붙이고 안내한다. 윌로비의 사무실로 들어서자,

  "어서 와요 사유리."

하며 오직 사유리에게만 인사하고 다른 사람은 안중에도 없는 것 같았다. 한 참 후에야 캐논의 경례를 받고 그 뒤에 정국

은을 의식하는 것 같았다.

"이 분이 한국에서 온 정국은 이란 사람입니까?"

캐논이 소개를 하자, 사유리가 이어서 보충설명을 한다.

"네, 이 분은 한국에서 온 연합신문 주일 특파원입니다. 저희 아사히신문과 협력관계에 있는 사이입니다. 참으로 유능한 한국인으로서 장군께서 이 분과 일을 하시면 미국에 큰 보탬이 될 것입니다."

"이거 원, 질투심이 나서 들을 수 있나. 사유리 상에게서 이런 정도의 인정을 받았다면 틀림없는 사람인데 둘은 도대체 어떤 관계입니까?"

"네, 저와는 결혼을 약속한 사이입니다."

사유리가 조금도 주저하지 않고, 정국은의 사전 허락도 받지 않고 결혼을 약속한 사이라고 하자 정국은은 깜짝 놀랐고 윌로비나 캐논도 눈이 휘둥그레졌다.

네 사람이 오랜만에 한가로운 이야기들을 하다가 윌로비는 정국은을 보고,

"정국은 씨에게는 내가 단둘이 할 이야기가 있습니다. 제 방으로 잠깐 가실까요?"

"좋습니다. 장군께서 저에게 할 이야기가 있다니 영광입니다."

정국은이 응접실에서 월로비의 개인 집무실로 따라 들어와 의자에 앉자 대뜸 이런 말을 하였다.

"지금 저희 극동군 사령부 G2에서는 한국 정부나 한국군 관계자와 극비의 연락을 취해야 할 일이 너무나 많습니다. 당신이 그 일을 맡아 주실 수 있습니까?"

"좋습니다. 제가 할 수 있는 일이라면 무슨 일이라도 하겠습니다."

"아까 말을 들으니 한국에서도 언론기관에 몸담고 있어서 특히 군 기관과 밀접한 관계를 맺어 오신 것 같은데 사실입니까?"

"그렇습니다. 아마 군 고위층들과 저처럼 많은 인맥을 맺고 있는 사람도 드물 것입니다."

"좋습니다. 그럼 내가 하나 제안을 하겠습니다. 먼저 미 극동사령부 G2 휘하의 동경 제441 CIC파견대원이 되어줄 수 있습니까?"

"좋습니다. 그렇게 되면 저야 활동하기에 편리해서 좋지요."

"동경 제441 CIC파견대는 한국의 KLO부대를 관장하고 있습니다. 정국은 씨는 주로 채병덕 총참모장과 박헌영과의 긴밀한 연락을 취하는 일을 해주셔야겠습니다. 봉급은 미군 봉급 규정에 의하여 지급하되 위험수당, 특별수당 등이 더해지고 필요하다면 무진장의 보조가 가능합니다."

"좋습니다. 두 사람 다 저와는 아주 친한 사람들입니다. 박헌영은 제가 스승처럼 모시는 분이고 채병덕 장군은 저와는 술친구이기도 합니다. 무슨 임무라도 수행하겠습니다. 그런데 노파심에서 말씀드리는데 박헌영과 채병덕은 적대관계에 있는 것쯤 물론 알고 계시겠지요?"

"잘 알고 있습니다. 그래서 정 선생님 같은 분이 필요합니다. 그럼 내일 저녁에 나와 사유리 짱과 우리 세 사람만 같이 식사를 합시다. 단 재정지원 담당 부관과 CIC 행동요령을 설명할 정보참모가 같이 참석하여 자세한 설명을 드릴 것입니다. 사유리 짱은 정국은 씨의 약혼녀이기 때문이기도 하지만 영어와 일본어가 능숙하기 때문에 정확한 의사전달을 위해서 꼭 참석이 필요합니다. 식사 후 뒤풀이는 캐논 소령과 몇몇 부관들도 동참시키도록 하겠습니다. 지금 한국의 군사고문단장 로버츠 준장은 곧 퇴역하고 라이트 대령에게 직무대리를 맡길 것이오."

"좋습니다. 알았습니다."

"그리고 사유리 상과 정국은 씨가 살 집은 우리 극동군 사령부의 안가를 사용하세요. 내일 우리가 식사할 곳도 안가이지만 뎅엔죠후(田園調布)에 우리 사령부의 안가가 몇 채 있으니 사용하도록 하세요. 그러고 보니 내가 두 사람의 신방을 차려주는 꼴이 되고 말았군. 하하하….”

"하하하하."

정국은도 쟁쟁한 실력자로부터 이처럼 허심탄회한 말을 들었으니 기분 좋게 웃지 않을 수 없었다.

4

다음 날 저녁 식사를 할 안가는 홍고의 캐논 기관과 가까운 곳이었다. 동경제대 후문인 야요이몽(弥生門) 쪽의 네즈(根津)라는 지역인데 겉으로 보기에는 전혀 특별한 것이 없는 전형적인 일본인 주택이었다. 정국은과 사유리가 미군 안내자의 차를 타고 안가에 도착하자 기모노를 입은 50대의 오바상이 공손히 나와서 인사를 하고 안내한다. 안으로 들어가자 아기자기한 정원에 그림처럼 정리된 장식물들이 있어서 고풍스럽기 그지없었다. 고가의 백자 등이 진열되어 있고 사무라이의 도가가 두 개 놓여 있다. 도가는 4단 도가와 2단 도가의 두 개가 놓여 있는데 2단 도가에는 칼집에서 뽑은 카타나(刀)가 위에 걸려 있고 칼집이 밑에 걸려 있었다. 카타나는 보기만 해도 서릿발치는 예리한 칼날이 번득인다. 일제의 어느 전범의 집을 미군이 압수한 것이었다. 방으로 들어가자 윌로비 소장이 두 명의 부관에게 무엇인가를 설명하고 있었다. 진즉 와서 많은 이야기를 나눈 듯, 그들 앞에는 다구며 오카시들이 놓여 있다. 윌로비 소장은,

"부관들, 내가 소개하겠소. 이 분이 내가 좋아했다는 사유리 짱이고, 하하하… 이건 농담이지. 이 분이 한국의 인물 정국은 이란 사람이오."

"처음 뵙겠습니다."

"처음 뵙겠습니다."

윌로비 소장을 제외한 세 사람은 서로 인사를 나누고 즐거운 담소를 곁들인다. 정보참모가,

"나도 금방 한국에서 돌아왔는데 한국에서 정국은 씨에 대한 이야기는 들어서 알고 있습니다. 제가 알기로는 박헌영과 아주 가까운 남로당원이신데…, 그런데 윌로비 장군의 말에 의하면 우리 미군 G2에 적극 협조하겠다고 했다면서요. 그것이 사실입니까?"

"네 모두 사실입니다. 미국은 세계 1, 2차 대전을 승리로 이끈 대국이기 때문에 미국의 대(對) 한국 정책은 다 옳은 것

으로 알고 무조건 따르기로 했습니다. 또 내가 따르지 않는다고 해도 그대로 될 테니까요. 일본 같은 나라도 미국 앞에서는 고양이 앞에 쥐인데 하물며 한국이겠습니까? 내가 남로당원이고 박헌영과 가까운 것도 다 사실입니다. 그러기 때문에 오히려 나의 말은 그쪽으로부터 더 신뢰를 얻지 않을까 생각합니다."

"만약 그렇게만 생각해 준다면 더 이상 좋을 수가 없군요. 아마 미국을 위해서 가장 중요한 임무를 수행할 걸로 압니다. 듣건대 사유리 상도 부친이 일본제국을 위하여 분투노력했던 군인이었으나 지금은 미군을 위하여 이처럼 큰 힘이 되어주지 않습니까?"

"그러고 보니 저와 사유리 짱은 같은 배를 타고 있군요."

그때 윌로비 소장이 끼어든다. 바로 오늘 이 말을 하기 위해서 자리를 마련했다는 듯이,

"그런데 정국은 씨, 오늘 저녁 비행기로 급히 한국을 가야할 일이 생겼습니다. 지금 한 시가 급합니다. 자세한 내용은 한국에 도착한 이후에 내가 로버츠 준장께 전화로 지시할 것이니 정국은 씨는 라이트 대령과 함께 G2의 훈령대로 따르면 되겠소."

사유리는 이 말을 듣더니 깜짝 놀라며,

"오늘 저녁에 한국으로 간다고요? 그럼 저는요?"

"사유리 짱은 저희들이 안배한 안가에서 살면서 정국은 씨와의 재회를 기다리면 되겠습니다."

"저를 인질로 삼는군요."

"네? 인질이요? 하하하…."

"하하하하…."

네즈 안가에서 시간 맞춰 나오는 최고급의 일본요리로 식사를 하고 아카사카의 나이트클럽으로 장소를 옮겨다. 나이트클럽 스탠드에는 아름다운 젊은 일본 여성 하나와 미소년이 바텐더도 하고 주문도 받고 있고, 객석에는 테이블 사이를 반나의 일본 여성들이 거닐며 얼굴 가득히 애교스럽게 서빙을 하였다. 댄스곡이 나오자 모두 홀로 나가서 춤을 추었다. 사유리와 정국은도 왈츠 곡, 부르스 곡에 맞추어 춤을 추었다.

"네, 아나타(사유리는 벌써 아나타〔당신〕라고 불렀다). 한국 갔다가 반드시 일본으로 돌아오는 거지요?"

"물론! 사유리는 나의 영원한 사랑이니까. 반드시 돌아올 테니 뎅엔쵸부에서 나를 기다리세요."

"아나타, 약속 어기시면 절대 안 돼요. 알았지요?"

두 사람은 누가 보든 말든 부둥켜안고 계속 정열의 춤을 추었다.

정국은이 한국으로 돌아온 것은 50년 6월 1일이었다. 윌로비가 미리 채병덕에게 정국은이 찾아가면 모든 것을 협조하라는 부탁을 해놓았기 때문에, 윌로비의 부탁이 아니어도 친할 판에 전화까지 받았으니 모든 것은 순조롭게 될 수밖에 없었다. 정국은은 채병덕을 만나자마자 먼저 두툼한 달러 봉투를 건넸다.

"무엇입니까?"

"윌로비 소장이 보내온 미국 정부의 위험수당과 기밀비입니다."

"왜 저한테 돈을 주는 것입니까? 그렇지 않아도 윌로비 소장과 로버츠 준장과는 협조 관계에 있는데 특별히 돈을 주는 이유를 알 수 없군요."

"아마 이전과는 비길 수 없는 중요한 부탁을 드리려는가 봅니다."

채병덕은 앞에 놓인 두툼한 돈 봉투를 보고 잠깐 망설이는 듯하더니, 잠깐 봉투를 들고 반쯤 꺼내서 모서리의 달러 숫자를 넘겨보고 소스라쳐 놀란다. 이내 무엇인가를 결심한 듯 만족스럽게 봉투를 안주머니에 집어넣는다.

다음 날, 정국은은 《국방신문》과 《태양신문》 시절에 데리고 있던 가장 믿을만한 라엄광과 김순덕 기자에게 역시 달러 봉투를 하나씩 안겼다. 그리고는 둘을 대동하고 채병덕의 집으로 들어갔다.

"내가 가장 신뢰하는 두 사람입니다. 가장 요긴한 곳에 심어주십시오."

"알겠습니다. 라엄광 씨는 군복을 입혀서 제 부관으로 쓰고 김순덕 씨는 가장 내밀한 연락을 취해야 하니까 집안 가정부로 쓰겠습니다. 괜찮겠습니까?"

하며 라엄광을 보고 말하자 기다렸다는 듯이 라엄광이 대답하였다.

"네, 좋습니다. 중요한 직책을 맡아서 영광입니다."

"김순덕 씨, 아주 유망한 우리나라 여기자라고 하던데 가정부 괜찮습니까? 물론 직접 일을 하는 가정부는 따로 있습니다."

"영광입니다. 명목이야 무엇이면 대수입니까. 시키는 일을 충실히 하겠습니다."

김순덕도 흔쾌히 응낙하였다.

이 두 사람은 과연 이남의 상황을 한 시간 간격으로 박헌영에게 타전하고 미 군사고문단과의 모든 연락사무를 민첩하게 수행하였다.

앞에서 정국은이 사형당했다는 기사가 헤드라인으로 보도되었다고 했는데, 실은 그때 대리 사형을 당한 사람은 보도연맹원 박철우였다. 박철우가 배바우에서 화순방첩대로 끌려가 창고 안에서 총살 직전에 탈출하였다는 것은 앞에서 말하였다. 그는 무등산 6부 능선을 타고 한없이 걷다가 낮에는 숲속에서 잠을 자고 밤이면 인가 쪽으로 내려와 먹을거리를 구해서 다시 산으로 오르곤 하기를 반복하였다. 단 박철우는 자기가 지금 어디쯤 와 있는지조차 알 수가 없었다. 어느 날 밤, 길가에 상가도 몇 개 있는 작은 마을을 내려갔는데 상점 이름이 '하동상회'라고 쓰여 있는 것이 보였다. 혹 여기가 경상도 하동인가 하여 어느 인가의 방문을 기웃거리는데 안에서 라디오 소리가 들리고 식구들이 찐 고구마를 먹으며 이야기를 하고 있었다. 듣자 하니 경상도 말투였다. "아하, 여기가 경상도구나. 옳지, 저 라디오만 있으면 뉴스를 들을 수 있는데…." 마침 방 안에 남자는 없고 시어머니와 며느리인성싶은 두 여인과 어린이들만 있었다. 박철우는 문을 벌컥 열고 안으로 들어가 식칼을 들이댔다. 방안에서는 기겁을 하고 "악!" 놀라 소리를 지른다.

"쉿! 조용히 해라."

"당신은 뉘신기요?"

"그것은 알 필요 없다. 내 말만 잘 들으면 죽이지는 않겠다. 나는 저 라디오와 고구마만 가져가면 된다."

"다 가져 가이소. 그람 우리를 쥑이지는 않는 것이지 예?"

"고맙소. 그럼 실례하겠소. 참, 한 가지만 묻겠소. 여기가 경상도 하동 맞습니까?"

"맞어 예. 경남 하동군 옥종면 양구리 2구 잉기라 예."

"알았소. 오늘 있었던 일은 누구한테도 말해서는 안 되오. 만약 말하면 다시 찾아와서 모두 죽여 버리고 말겠소. 알았지요?"

"하모, 하모."

박철우는 고구마로 주린 배를 채우고 라디오를 듣고 인민군이 승승장구하며 남하하고 있다는 것을 알았다. 산 위에서 밤을 새우고 새벽이 다가오는데 어떤 소리에 선잠이 깨었다. 한길을 내려다보니 어렴풋한 새벽안개 속에서 어느 군대가 들어오고 있는데 자세히 보니 국군은 아닌성싶고 인민군 차림이 분명했다. 박철우는 겉옷 속의 흰색 러닝셔츠를 벗어 나뭇가지에 매달았다. 인민군의 행렬이 가까이 오자 갑자기 뛰어 내려가며 흰 깃발을 흔들며 소리 질렀다.

"나는 보도연맹이요. 나 남로당원이요. 나는 화순에 사는 박철우란 사람이요."

중대장인성싶은 사람이 병사 서넛을 시켜 잡아 오라고 한 모양이다. 그래서 박철우는 이동하는 인민군에 끼어 낙동강 전선으로 같이 행군할 수 있었다. 그 뒤, 박철우는 후퇴하는 인민군을 따라서 월북하였으나 동부전선 철원전투에서 인민군을 탈영한다. 탈영한 이유는 자기를 총살하려고 했고 독립군 아버지의 뒤를 쫓던 악질형사 조종술을 처치하기 위해서였다. 박철우는 국군에 투항하지는 않았다. 그저 어느 민가에 들어가 옷을 구해서 평상복으로 갈아입고 갖은 수단과 방법을 가리지 않고 화순까지 내려가 방첩대를 기웃거렸다. 화순경찰서 앞의 조그만 단층건물이 방첩대인데 며칠을 서성거려도 조종술은 보이지 않았다. 그래서 방첩대 신참인성싶은 사람에게 지인이라 자칭하고 조종술의 행방을 물었더니 충청도 봉양 방첩대로 전근하였다고 했다.

박철우는 제천까지 가서, 제천에서 군대 차를 빌려 타고 봉양에서 내렸다. 봉양에서는 불과 반나절 만에 조종술을 찾을 수 있었다. 그의 뒤를 쫓아 그의 숙소도 알아두었다. 숙소는 봉양방첩대에서 멀지 않은 곳에 있었다. 밤이 이슥해지기를 기다리자 조종술이 술에 취하여 비틀거리며 돌아와 방문을 열고 들어간다. 박철우는 바로 그의 뒤를 따라 문을 박차고 들이닥쳤다.

"누구냐?"

"나를 자세히 보아라. 내가 누구인지."

"너는 너는 박…."

"그렇다. 네놈에게 화순 창고에서 총살을 당하려다가 탈출한 박철우다."

"바로 네놈이로구나. 이 빨갱이 새끼!"

"너는 만주에서는 나의 아버지 박자 봉자 진자의 뒤를 쫓던 일제 앞잡이였지. 너는 국가적으로는 절대 용서할 수 없는 매국노이고 개인적으로는 우리 부자를 모두 살해하려고 했던 철천지원수다."

"그래 알았다. 그래서 어쩌겠다는 것이냐?"

"민족과 가문의 이름으로 너를 응징한다."

하며 박철우가 품속에서 막 권총을 꺼내려 하는데 조종술이 번개처럼 덤벼들어 육박전이 벌어졌다. 권총은 땅에 떨어지고 둘은 엉켜 싸우다 마당으로 튀겨져 나와 뒹굴며 싸웠다. 박철우가 위에 올라타서 몇 대를 갈기고 다시 방으로 들어가 권총을 들고나오는 사이에 조종술은 허물어진 담을 넘어 도망가고 있었다. 금방 박철우의 권총이 불을 토했다. "탕!" 조종술은 총을 맞고도 담을 넘었으나 박철우는 바싹 뒤쫓으며 다시 탕! 탕! 두 발을 갈겼다. 그런데 주위를 살펴보니 벌써 골목 양쪽에서 방첩대원 네댓 명이 달려오고 있었다. 맨 앞에 오는 놈을 쏘고 반대쪽도 쏘아댔으나 다음부터는 찰칵찰칵 소리만 나고 총탄이 나가지 않았다. 실탄이 떨어진 것이다. 순간 양쪽에서 우르르 덤벼들어 육박전이 벌어졌고 중과부적으로 생포되고 말았다.

  정국은이 사형당할 것이라고 홍제원에 모였던 기자들과 구경꾼들이 꺼림칙하게 흩어지고 난 후, 손원일 국방장관은 무슨 조치를 취하지 않으면 여론을 잠재울 수 없다는 것을 알았다. 손원일은 특무대장 김창룡에게 전화하였다. 어느 사건에 대타로 죽여도 뒤탈이 없을 만한 사람을 하나 물색해 달라고 하였다.
  "그럴 사람은 얼마든지 있습니다. 제가 하나 물색해서 보내겠습니다. 마음대로 처치하십시오."
  이렇게 해서 대타로 끌려 나온 자가 바로 박철우였다. 영문도 모르고 전주형무소에서 끌려 나온 박철우는 소속 불명의 지프차에 실려졌다. 그런데 차 안에서 눈을 가리고 이어서 입에 재갈을 물려 말을 못 하게 하고 어딘가로 뒤 시간을 달렸다. 이어서 차에서 내리라고 하였고 자기를 어느 기둥에 묶었다. 그때에야 박철우는 총살을 시키려는가 보다고 짐작했다. 누가 병사들을 향해 "실탄 장진!" 하는 소리를 듣고서야 "아, 총살이로구나." 하는 것을 알 수 있었다. 그러나 아무리 소리 지르려 하여도 재갈 물린 입에서는 소리가 나오지 않았으며 몸을 비틀어보아도 빠져나올 수 없었다. 집행까지의 시간은 너무나 짧았다. "거총!" "발사!"까지는 불과 몇십 초밖에 걸리지 않았다. 뜨거운 불기운이 가슴에 박히는 것을 느꼈고 이어서 또 희미하게 들썩거림이 느껴졌으나 이내 무의식상태로 들어갔다.

총살광경을 멀리서 보고 있던 손원일 국방장관은 어딘가로 전화하였고 그 뒤로 정국은이 총살형에 처했다는 유언비어가 사방에 퍼졌다. 기자들은 사실 확인을 하려고 이리 뛰고 저리 뛰었다. 여러 가지 정황으로 보아서 사형을 시킨 것은 분명한 것 같은데 왜 이렇게 시원스럽게 책임지고 사실 확인을 해주는 사람이 없을까. 그러다가 기자들이 사형집행을 명령한 하급 장교 하나를 알아내고 집요하게 캐묻자 자기가 사형을 시킨 것은 사실이라고 하였다.

"그 사형수가 정국은이었습니까?"
"그런 걸로 압니다. 나는 다만 집행하라는 명령을 따랐을 뿐입니다."

이렇게 하여 사실 확인과 추측기사가 반반씩 섞인 애매모

호한 말로 일단 '국제스파이 사건 주범 정국은 사형집행'이라는 헤드라인을 일단 내보냈던 것이다.

  그러나 정국은은 그때 벌써 미국 CIC 뉴욕지부의 정식요원이 되어 근무하고 있었고, 뉴저지의 그림 같은 넓은 정원을 가진 전원주택에서 사유리와 신혼생활을 즐기며 뉴욕까지 차로 출퇴근하고 있었다. 정국은의 사형집행 당일은 사유리와 함께 뉴욕 남쪽 허드슨 강가를 산책하며 건너편 숲속의 그림 같은 웨스트포인트를 감상하고 있었다.